Für Friederike

Wolfgang Hahn

Zur fraglichen Zeit

Roman

Auflage 2021
Copyright © 2021 by Wolfgang Hahn
Umschlaggestaltung/Umschlagbild: © Wolfgang Hahn, „Die Feuertreppe", Öl auf Leinwand, 2012

Verlag und Druck: tredition GmbH, Hamburg 42, 22359 Hamburg
978-3-347-38462-0 (Paperback)
978-3-347-38463-7 (Hardcover)
978-3-347-38464-4 (e-Book)

Hanna sah, wie sich die gespaltene Zungenspitze einer Brechstange den Weg in den Flur bahnte und zwischen Tür und Rahmen einen bizarren Tanz aufführte.

1. Kapitel

Unter das morgendliche Gezwitscher der Vögel, das durch das angekippte Küchenfenster drang, mischte sich immer deutlicher das Geräusch eines sich nähernden Autos und brach schließlich abrupt ab. Georg öffnete die Fliegentür und trat auf die schattige Veranda hinaus. Was sich schon vor Minuten angekündigt hatte und nun im Schatten verschnaufte, war das wohl mit Abstand rostigste Auto zwischen Sydney und Darwin.

Georg warf einen flüchtigen Blick über die Ladefläche des Pick-ups. Dort lag schon alles bereit, das Bündel Angelruten mit ihren chromblitzenden Rollen, Eimer, Kescher und natürlich auch der blaue Metallkoffer mit Ködern, Spinnern, Löffeln und Wobblern, mit Blei und Posen. Einige Male waren sie nun schon gemeinsam am Fluss gewesen, weil Frank sich in den Kopf gesetzt hatte, ihn in die Kunst des Angelns einzuweihen. Eben streckte Frank das sonnengebräunte Gesicht durch das offene Seitenfenster und blinzelte zu ihm herauf.

„Was ist los alter Mann, kommst du etwa nicht mit?"

Georg sprang in zwei gewagten Sätzen die Stufen von der Veranda herab und eilte ans Gartentor.

„Larry rief gestern spät noch an. Er bat mich, unbedingt bei ihm vorbeizukommen."

Frank legte den Kopf etwas schief und schürzte die Lippen.

"Ich komme später nach", versprach ihm Georg.

Frank zog den Kopf wieder ein, setzte sich hinter dem Lenkrad zurecht und hob zum Abschied kurz den Zeigefinger an die fleckige Schirmmütze. Georg blieb noch einen Moment am Zaun stehen und konnte sehen, wie Frank ungeduldig am Zündschloss hantierte. Der Motor sprang widerwillig an, hustete ein paar Mal und setzte sich dann in Bewegung.

Georg beeilte sich, auf die Veranda zurückzukommen, um den Moment nicht zu verpassen, wenn Franks Pick-up in der Senke verschwand und Augenblicke später an unerwarteter Stelle wieder ans Tageslicht kroch. Bei diesem kleinen Schauspiel musste er immer an den Tag vor bald fünfundzwanzig Jahren denken, diesen denkwürdigen Tag, an dem Frank ihn bis hierher verschleppt hatte, bis vor die morschen Stufen der Veranda.

Ohne viele Worte zu machen hatte Frank ihn damals am Flussufer aufgelesen und ihn nach einer halsbrecherischen Fahrt kreuz und quer durch das flimmernde Outback hier abgesetzt. Gleich darauf war er, mit dem knappen Hinweis, die Tür sei nicht verschlossen, wieder davongerast. Georg hatte eine Weile unschlüssig dagestanden, in der sengenden Hitze, und ungläubig dem Auto nachblickt, das eine glitzernde rotbraune Staubwolke hinter sich herzog. Als von Frank und dem Auto schon lange nichts mehr zu sehen war und kaum noch Hoffnung bestand, dass er doch wieder zurückkäme, um ihn aus seiner misslichen Lage zu befreien, hatte er sich widerwillig dem Haus zugewandt.

Aus einer Autofelge ragte eine rostige Eisenstange, an deren Spitze ein Blechschild mit schreiend roten Lettern FOR SALE skandierte, und darunter, eben noch lesbar, eine Telefonnummer, die vielleicht sogar noch stimmte.

Das Haus hatte ihn fremd und stumm aus seinen staubblinden Scheiben angeblickt; die Fensterläden windschief in ihren Angeln, die Farbe, wo sie noch nicht gänzlich abgeblättert war, schälte und schuppte sich über dem Holz – wie nach einem heftigen Sonnenbrand.

Von der Hitze im Auto ermüdet und noch immer unter dem Eindruck der ungestümen Fahrt durch das wilde Grasland, stieg Georg die knarzenden Bretter zur Veranda hinauf und stieß die Fliegentür auf, deren Netz in Fetzen hing. Drinnen empfing ihn der modrige Geruch von feuchtem, wurmstichigem Holz mit einer stechenden Note darin, die auf den Einzug neuer Bewohner hindeutete, die es hoffentlich vorziehen würden, einer Begegnung mit ihm aus dem Wege zu gehen.

Vom Flur aus bog er nach rechts ab und trat in den Raum ein, wo Ruß und Brandspuren bezeugten, dass hier einmal Herd und Ofen gestanden hatten. Das Ofenloch war notdürftig mit Zeitungspapier verstopft und die vergilbten Reste einer geblümten Tapete wellten sich über die Wände.

Das Wenige, was an Spuren früheren Lebens noch übrig war, reizte seine Phantasie; und er begann, sich das lebendige Treiben auszumalen, das sich hier einmal abgespielt haben mochte. Diese kargen, armseligen Krümel und Scherben der Vergangenheit weckten in ihm eine Ahnung von der Behaglichkeit, die das Haus seinen Bewohnern wohl einmal bereitet hatte. Und die raschelnde Stille war gar nicht der Klang trostloser Einsamkeit, sondern ein flüsterndes Versprechen auf Geborgenheit.

Georg war ins Träumen geraten, sodass er den Moment beinahe verpasst hätte, weswegen er sich beeilt hatte, so schnell wieder auf die Veranda zurückzukommen, und wurde eben noch Zeuge, wie Franks Auto sich wie ein dicker brauner Käfer aus der Senke herauszuschälen begann.

Larrys Geheimniskrämerei! Wenn Larry ihm jedenfalls gesagt hätte, worum es sich handelte. Georg blieb einen Augenblick vor dem Flurspiegel stehen und fuhr sich mit den Fingerspitzen über die grauen Bartstoppeln. Zum Rasieren war jetzt keine Zeit mehr; das würde ihn doch nur aufhalten. Mit versteinerter Miene sprach er halblaut sein Spiegelbild an: „Du bist ein Idiot, Georg Koslowski." Im Gehen warf er noch einen flüchtigen Blick in die Küche, auf den krümeligen Tisch mit der aufgeschlagenen Zeitung und Rosannas und seinem Frühstücksgeschirr. Das konnte wohl warten.

Georg stutzte etwas, als er die Tür zur Frisierstube sperrangelweit geöffnet fand; von Larry selbst war jedenfalls nichts zu sehen. Der kleine Raum atmete die andächtige Ruhe einer sonntäglichen Kapelle. Links der Eingangstür stand dösend und vereinsamt der klobige Frisierstuhl, dahinter hing, die ganze Breite der Wand überspannend, der Spiegel im schmucklosen Holzrahmen. Auf dem Kassentisch thronte großväterlich die schwarze Registrierkasse. Zu ihren Füßen duckte sich ein weiß getünchter Holzschemel, von wo ein Bouquet roter und gelber Rosen seinen schweren Duft in das Zimmer verströmte. Soweit schien die Welt hier drinnen fest in ihren Angeln. Die Rosen gehörten dazu. Nur, dass Larry sich nicht blicken ließ, war ungewöhnlich.

Georg überlegte, wie er dezent auf sich aufmerksam machen könnte, als er hinter sich Schritte vernahm. Er behielt die Wand hinter dem Kassentisch im Auge, wo ein Vorhang bis zum Boden herabfiel. Der schwere schwarze Stoff bauschte sich, und Larry trat hervor. Als er Georg erblickte, glitt ein heiteres Lächeln über sein rundes, rotwangiges Gesicht.

„Georg! Schön, dass du Zeit hattest. Aber setz dich doch. Kaffee?"

Georg blieb kaum Zeit zu antworten, so schnell war Larry wieder verschwunden. Was immer auch der Grund war, weshalb er ihn herzukommen gebeten hatte, der alte Knabe schien jedenfalls bei bester Gesundheit und durch nichts bedrückt oder verstimmt zu sein. Von seinen Befürchtungen erlöst, es könnte sich hier heute Morgen um einen unangenehmen Anlass handeln, ließ sich Georg erleichtert in den schweren Frisierstuhl sinken, ein knarrendes, unverrückbares Möbel, das Larry, wie all das übrige Inventar, vor Jahren von seinem Vater übernommen hatte. Georg betrachtete das leuchtende Blumengebinde und strich verträumt mit den Fingerspitzen über das glatte Rindsleder; die Armlehnen waren abgegriffen, und wo die Hände zu liegen kamen, speckig und beinahe schon schwarz geworden.

Larry kehrte mit einer duftenden Tasse Kaffee in der Hand in den Salon zurück und stellte sie neben Georg auf die schmale Holzablage unter dem Spiegel.

„Zucker", murmelte er. „Ich habe den Zucker vergessen, bin gleich zurück."

Augenblicke später war nebenan geschäftiges Geschirrklappern zu hören und auch Stimmen. Georg schmunzelte bei dem Gedanken, sein Freund könne womöglich Selbstgespräche führen. Amüsiert drehte er einige Runden im Frisierstuhl und blickte dann in den breiten Spiegel vor sich. Ein kühler Luftstrom kitzelte seinen Nacken. Die Eingangstür stand noch immer sperrangelweit offen, und die Straßengeräusche drangen ungefiltert an sein Ohr. Von Ferne war fröhliches Treiben zu hören, wildes Getrappel und Kinderlachen, über das sich Einhalt gebietend das schrille Lärmen einer Schulglocke erhob. Während die Geräusche allmählich erstarben, und nur noch das schnelle Trippeln einiger Nachzügler zu vernehmen war, hielt Georg unbeirrt die Tür im Auge, in deren Glas sich die gegenüberliegende Häuserzeile, und sogar, wie er überrascht feststellte, auch die Eingangstür zu Rosannas Gästehaus spiegelte. Der Anblick der grünen Tür mit dem glänzenden Türknauf aus Messing weckte spitzbübische Neugier in ihm; er spürte ein Kribbeln, das sich von den Kniekehlen bis zu seinen Fingerspitzen ausbreitete. Er wünschte inständig, die Tür möge sich öffnen und Rosanna käme herausspaziert, was aber wohl nicht sehr wahrscheinlich war; nein, sicher war sie noch gar nicht wieder vom Markt zurück; auch das Auto war nirgends zu entdecken.

Somit konnte er wenigstens für jeden Augenblick damit rechnen, dass sie angebraust käme. Wie gewohnt würde sie vor der Pension parken, die Einkäufe von der Rückbank nehmen, mit Körben und Taschen bepackt eilig die zwei Stufen zum Eingang hinaufsteigen und mit der Schulter die schwere Holztür aufschieben. Vielleicht käme auch eines der Zimmermädchen hinzu, die Tür für sie aufzuhalten und ihr mit den Taschen und Körben behilflich zu sein, die bis über den Rand gefüllt waren, mit frischem Gemüse und Obst, duftenden Gartenkräutern und exotischen Gewürzen, all den Zutaten, die sie zum Kochen für ihre Gäste benötigte.

Georg lauschte angestrengt in die morgendliche Stille, ob nicht Motorengeräusche Rosannas Ankunft bereits ankündigten, doch es blieb still. Das schrille Läuten der Schulglocke war lange verklungen und hatte, wie es schien, alle Geräusche in sich hineingezogen und unter sich erstickt. Nicht einmal das Zwitschern eines Vogels war zu hören. Stattdessen wurde es im Haus über ihm lebendig, Treppenstiegen knarrten und Augenblicke später schob sich erneut der Vorhang zur Seite, und zu Georgs Überraschung erschien eine junge Frau im leichten Sommerkleid, bevor auch Larry wieder auftauchte. Sie war um die Dreißig und ihre rosigen Wangen und ihr wacher Blick wirkten frisch und gesund.

Was genau war hier eigentlich los? musste Georg sich fragen. Larry selbst stand da wie ein Spazierstock und wie Georg erst jetzt bemerkte: im feinen Sonntagsstaat! Warum war ihm das nicht gleich aufgefallen? Larry trug bei der Arbeit für gewöhnlich ja keinen Anzug. Georg wusste nicht, was er von all dem halten sollte. Er fuhr herum und beeilte sich, aus seinem klobigen Sitzmöbel herauszuklettern und hätte dabei noch um ein Haar seine Tasse umgeworfen. Larry starrte ihn dabei unentwegt durch seine dicken Brillengläser an, und seine kurzen fleischigen Finger spielten nervös auf dem Zuckerstreuer.

„Also", begann Larry zögerlich, „darf ich bekannt machen? Nancy, meine Nichte."

Im Anschluss an die etwas mühsam hervorgekramten Worte, machte Larry eine kleine, nickende Bewegung, zur eigenen Bestätigung wohl, dass er hier keinen Unsinn redete.

„Und das, Nancy", er räusperte sich nervös und blickte seine Nichte scheu von der Seite her an, „das ist Georg, mein guter alter Freund."

Nancy tat einen winzigen Schritt auf Georg zu und reichte ihm lächelnd die Hand.

„Ich wusste gar nicht, dass du eine Nichte hast."

„Du kannst dir gar nicht vorstellen, Georg, wie überrascht ich war. Vor zwei Tagen erst rief Nancy mich an, und sie sagte, sie wolle herkommen und … Wir haben uns das letzte Mal gesehen, da war Nancy erst vier oder fünf ...".

Larry kam ins Stocken, aber Nancy fing sogleich seinen hilflosen Blick auf und nickte eifrig.

„Ja, das stimmt", pflichtete sie ihrem Onkel bei, „aber daran erinnere ich mich auch gar nicht mehr so genau. Eigentlich haben wir uns ja erst jetzt richtig kennengelernt ..."

Wie ihr Onkel, schien auch Nancy ein wenig nervös zu sein, sicher hatte sich etwas von Larrys Anspannung auf sie übertragen, und so zwang es sie plötzlich zum Lachen, und sie lachte einfach frisch drauflos. Larry und Georg mussten ebenfalls lachen, und im Anschluss entstand eine kleine Pause. Larry begann mit den Augen den Fliesenboden abzusuchen, und auch Nancy ließ den Blick im Raum umherwandern. Georg fühlte sich ein kleines bisschen überflüssig und drehte sich zu seiner Tasse Kaffee um.

Die beiden kämen hier wohl auch ganz gut ohne ihn zurecht, ging es ihm durch den Sinn. Es war noch früher Morgen, noch nicht zu spät für den Fluss. Frank hatte sicherlich schon das Angelgeschirr von der Pritsche geladen und vielleicht auch schon den ersten Köder über dem noch dunstigen Fluss ausgeworfen. Das war immer der schönste Moment, wenn die Angelschnur sich zwischen den Nebelschwaden verlor, unter denen der Fluss sich wie ein lebendiges, glucksendes Wesen verbarg.

Während Georg mechanisch den Zucker in die Tasse rieseln ließ, musterte er Larry und seine Nichte im Spiegel. Nancy hatte eben damit begonnen, einige Fläschchen und Dosen auf den Regalen zu ordnen, und Larry verfolgte aufmerksam jede einzelne ihrer grazilen Bewegungen. Sie trug ein ärmelloses nachtblaues Kleid, das mit weißen Orchideen bedruckt war. Um ihre schlanke Taille zog sich ein sehr schmales weißes Band. Dreißig! Dreißig Jahre ... ja, so alt war sie wohl inzwischen ... wie schnell doch die Zeit vergangen war, seit damals ...

Plötzlich hörte Georg Larrys Stimme hinter sich und zuckte erschrocken zusammen. Georg sah, dass er den halben Zuckerstreuer auf den Boden entleert hatte, und spürte augenblicklich die aufwallende Glut auf seinen Wangen. Als er sich umwandte, war Nancy nirgends zu sehen. Nur Larry stand da, zwischen Kasse und Eingangstür, und musterte ihn fragend über den Rand seiner Brille hinweg. Von draußen waren Stimmen zu hören; Frauenstimmen! Durch das milchige Glas des Ladenfensters konnte er verschwommen Nancys Silhouette erahnen, und er hörte ihre helle, zwitschernde Stimme. Zu wem die andere Stimme gehörte, war schnell erraten. Der Klang von Rosannas heiserem Alt war ihm so vertraut, er hätte sie gewiss noch aus einem hundertstimmigen Chor herausgehört. Ja richtig, sie wusste natürlich, dass er hier war, er hatte ihr ja selbst von Larrys Anruf gestern Abend berichtet. Mit einem Mal überfiel ihn das beklemmende Gefühl, in der Falle zu sitzen.

Und Larry? Der Gute schien ganz und gar beseelt von seinem Wiedersehen mit seiner Nichte. Natürlich dachte er jetzt auch nicht daran, den Zucker aufzufegen. Er stand einfach nur da, starrte verzückt auf die Fliesen, auf denen die Zuckerkrümel wie

Diamantsplitter glitzerten, und fuhr sich von Zeit zu Zeit mit der Hand über den feuchten Nacken. Schließlich hob er langsam den Kopf.

„Georg", hob er an „Georg, Menschenskind. Als Nancy mich anrief, da habe ich natürlich gleich an dich denken müssen."

Larry hob seitlich ein wenig die Arme und ließ sie wieder fallen.

„Machen wir uns doch nichts vor, Georg, wir sind alt; wir müssen die wenige Zeit, die uns noch bleibt im Leben, doch nutzen!"

Über Larrys rundes Gesicht huschte ein mildes Lächeln.

„Meinst du nicht auch, du könntest ...?"

Mit drei Sprüngen war Georg an der offenen Ladentür und auch schon auf der Straße. Er stürmte los, blindlings, ohne sich auch nur flüchtig nach den beiden Frauen auf dem Gehsteig umzublicken; dabei meinte er deutlich, Rosannas erstaunten Blick in seinem Rücken zu spüren, und es sträubten sich ihm die Nackenhaare.

Zu Hause angekommen stieg er verschwitzt die Stufen zur Veranda hinauf und ließ sich leer und erschöpft auf die Bank neben der Fliegentür sinken. Er saß nur da und wartete darauf, dass sein Herzschlag ruhiger wurde. Ein Schwarm Bilder schwirrte in seinem Kopf umher, ein wildes Durcheinander von Farben und Stimmen, und es brauchte einige Zeit, das kreisende Karussell zu verlangsamen, bis es ihm gelang, die ersten Gedanken festzuhalten.

Larry traf natürlich keine Schuld. Eine völlig harmlose Begegnung – und dann so ein Chaos! Wer sollte ahnen, dass ihn das so hart treffen würde? Nach so langer Zeit.

Sein Traumbild heute Morgen und Nancys geblümtes Kleid gehörten wohl irgendwie zusammen. Während der Zucker auf den Boden gerieselt war, hatte er in einen Garten geblickt, einen

Garten voll schneeweißer Orchideen; in einem wogenden weißen Blütenmeer war sie ihm erschienen. Hanna! Noch bevor er ihre Gestalt richtig erkennen konnte, verblasste sie auch schon wieder, löste sich auf – wie ein Nebelstreif im ersten Sonnenlicht.

Nüchtern betrachtet war es nur ein hinterlistiger Streich gewesen, den ihm sein Gehirn gespielt hatte. Sein Unterbewusstsein hatte offenbar eine Vorliebe für Kitsch, für blumige Gartenmotive; ein geblümtes Kleid genügte und schon ging alles drunter und drüber. Wäre er doch nur nicht weggelaufen! Er spürte erneut die Hitze in sich aufwallen.

Rosanna würde es wohl bei einer Anspielung auf seine Flucht bewenden lassen. Er hatte nicht vor, ihr etwas über seinen Tagtraum zu erzählen. Aber es wäre eine Gelegenheit, doch einmal wieder über Hanna zu sprechen.

Überhaupt – Hanna!

Unwillkürlich blickte er zum Briefkasten hinüber. Wie damals. Den letzten Brief hatte er ihr zum achtzehnten Geburtstag geschickt, danach hatte er es aufgegeben; nicht mehr geschrieben. Die Jahre, in denen Rosanna ihm immer wieder geholfen und immer wieder Mut gemacht hatte; die vielen Jahre …

Das kleine Mädchen, an das er damals geschrieben und dem er gepresste Blütenblätter in die Briefumschläge gesteckt hatte – sie war doch schließlich erwachsen geworden.

Und dann sein Entschluss, nicht mehr zu schreiben. Was folgte, war entsetzlich. Die ersten Wochen und Monate, zermürbender, schlimmer als alles zuvor, seine Zweifel an der Richtigkeit seiner Entscheidung. Er war vollkommen durcheinander gewesen, verlor im Gespräch oftmals den Faden, war zerstreut. Rosanna ahnte sicherlich, was mit ihm los war. Sie bekam es ja hautnah mit. Sie ertrug sein stummes Brüten, machte ihm keinerlei Vorwürfe, selbst wenn er ihr so manches Mal die Antwort schuldig blieb. Ja, Rosanna hatte auch gelitten. Wie sehr, das wusste nur sie allein. Sie hatte es ihm nie gesagt. Und er hatte nicht gefragt.

Im Verlauf der Jahre wurde es besser, seine Selbstprüfungen immer seltener. Der Gedanke daran, dass er eine Tochter hatte, wurde allmählich zur bloßen Fiktion. Dennoch wünschte er sich all die Jahre hindurch nichts sehnlicher, als sie einmal in die Arme schließen zu dürfen; in seinem Herzen hatte er sich nie von ihr gelöst. Genau das war ihm heute einmal mehr bewusst geworden, es war der Sinn seines Traumbilds an diesem Morgen: der Traum von seiner Tochter.

2. Kapitel

Es war einer der letzten Märztage. An den Zweigen der Platanen glänzten die schweren Tropfen des nächtlichen Regens und fielen mit lautem Knall auf die Planen der Marktstände herab. Schlammige Pfützen zwischen den Buden nötigten die Marktbesucher zu Umwegen. Der feuchte, dampfende Asphalt blendete wie ein Spiegel, und Hanna bereute sogleich, ihre Sonnenbrille nicht eingesteckt zu haben.

Ihr Blick fiel eher zufällig auf die Fahrradständer am Eingang zum Wochenmarkt. Ein Junge zog etwas unter seiner Jacke hervor, das kurz im Sonnenlicht aufblitzte. Dann ging alles sehr schnell. Das Etwas entpuppte sich als Seitenschneider, mit dem der Junge geschickt die Glieder eines Fahrradschlosses sprengte, sich in den Sattel schwang und mit kräftigen Stößen in die Pedale davonjagte.

„Unglaublich", sprach Hanna vor sich hin.

„Wie bitte?"

„Unglaublich", wiederholte sie, diesmal lauter, sodass die Mutter, die nun ebenfalls stehengeblieben war, sie über die Marktschreier hinweg verstehen konnte.

„Was ist unglaublich?"

„Na, wie dieser kleine Galgenstrick da eben das Fahrrad geknackt hat."

Die Mutter blickte fragend in die Richtung, die Hanna ihr mit dem Finger wies.

„Dort, am Fahrradständer!", brach es im lauten Stakkato aus Hanna hervor. Fast hätte sie geschrien. Sie dachte daran, weiterzugehen – ohne die Mutter. Sie einfach hier stehen lassen, sie, die nichts mitbekam, nie! Die Gott weiß wo mit ihren Gedanken war.

„Schau doch mal, die Orangen dort, Mama!" Und ohne lange abzuwarten, schritt sie angriffslustig auf den Stand mit den leuchtenden Früchten los.

Eine eisige Windböe fuhr peitschend in die knatternden Gummiplanen der Marktstände, machte den Pfützen eine Gänsehaut und riss dann jäh, unter hellem Klingeln, eine Reihe Fahrräder um. Im nächsten Augenblick herrschte wieder Weltfrieden, der Marktplatz lag völlig ruhig und sonnig da, und Hanna fühlte sich mit einem Mal emporgehoben von einer Welle fataler Gleichgültigkeit. Glasklar sah sie alles vor sich: die Marktverkäufer, die mit ihrem heiseren Rufen nicht einfach nur ihre Früchte feilboten, sondern den schönen Tag lobten und priesen. Ihre Stimmen klangen ja bei allem Eifer überaus heiter und feierlich, wie der überschwängliche Jubel eines Geburtstagsliedes. Ihr Geburtstag! Aber diesmal verwirrte sie der Gedanke daran nicht so sehr wie in der vergangenen Nacht, als sie darüber aufgewacht war und nicht wieder hatte einschlafen können. Es war albern gewesen, sich darüber so verrückt zu machen und die halbe Nacht grübelnd und fröstelnd auf der Couch zu verbringen; nur weil sie Dreißig würde!

Die blitzend weiße Zahnreihe gehörte zu dem muskulösen Mann mit den bronzefarbenen Armen und den großen Händen, die ihr jetzt die saftige Hälfte einer Orange präsentierten. Auf ihre Bestellung hin riss der Verkäufer eine braune Papiertüte auf und fünf orange Kugeln tanzten hinein. Sie reichte ihm das Geld und wollte schon nach der Tüte greifen, als er sie noch einmal zurückzog, und unter ihren Augen eine weitere Orange durch die Luft fliegen ließ, die er geschickt mit der Tüte auffing.

„Für die schönste Kundin", rief er lauter als nötig.

Es entging ihr nicht, dass sich einige Passenten erstaunt nach ihnen umwandten, und Hanna spürte, wie sie errötete. Sie bedankte sich, und zwischen die weißen Fangzähne schob sich die lachsrote Zunge des Tigers. Hanna machte eilig einen Schritt aus dem kühlen Schirmschatten heraus.

Die Mutter stand verloren inmitten des lebhaften Treibens. In ihrer Zerstreutheit hatte sie natürlich wieder nichts mitbekommen von dem kurzen Intermezzo, und diesmal dankte Hanna es ihr. Eben machte die Mutter die Hanna so vertraute, etwas kokett wirkende Kopfbewegung. Dann stand sie wieder völlig regungslos da und blickte mit angestrengter Miene den Gang zwischen den Marktständen hinab, als gelte es, einen fernen Punkt am Horizont festzuhalten. Woran dachte die Mutter wohl gerade, was mochte in ihr vorgehen? Für den Moment erschien ihr die eigene Mutter völlig fremd.

In Gedanken versunken, hörte sie plötzlich ihren Namen hinter sich rufen. „Hanna!" Schnell fuhr sie herum. Eine junge Frau kam strahlend auf sie zu. Hanna schrak innerlich zusammen. Kerstin! Sie war nicht darauf vorbereitet, nicht auf Kerstin, nicht darauf, ihr hier zu begegnen. Der Ort spielte eigentlich auch gar keine Rolle. Kerstin hingegen schien geradezu euphorisch, es war nicht zu übersehen, wie sehr sie sich freute, Hanna zu begegnen. Eigenartig war nur, dass Kerstin offenbar nichts, aber rein gar nichts von Hannas Zurückhaltung zu bemerken schien. Kerstin machte ein paar letzte, tänzerische Schritte auf Hanna zu. Hannas Mutter sah jetzt bestimmt auch schon zu ihnen herüber. Diese fressende, immer gleiche Ungeduld der Mutter machte Hanna jetzt rasend!

„Lust auf einen Kaffee bei mir?" Kerstin deutete mit blassen dünnen Fingern in Richtung der Eichenallee.

„Geht leider nicht, ich bin mit meiner Mutter hier", dabei vermied Hanna es tunlichst, sich nach ihr umzublicken.

„Schade. Telefonieren wir?"

„Ja, klar."

Als Hanna sich noch einmal umblickte, sah sie, wie Kerstin geradewegs auf den Orangenstand zusteuerte.

Eigentlich hatte sie mit einem Vorwurf oder einer spitzen Bemerkung der Mutter gerechnet, weil sie sie hatte warten lassen; aber der Vorwurf blieb aus.

„Dann brauche ich noch Suppengrün", gab die Mutter das nächste Etappenziel vor und schritt wie blind drauflos. Vor ihnen teilte sich der Strom der Passanten; ein junges Paar löste sich aus seiner engen Umarmung und zog lachend links und rechts an ihnen vorüber.

„Wer war denn das eben, die junge Frau, mit der du gesprochen hast?", wollte die Mutter nun doch wissen.

„Das war Kerstin, von früher, aus der Schule."

Hanna bemühte sich, es so beiläufig wie möglich klingen zu lassen. Die Mutter würde sich kaum an Kerstin erinnern; sie waren einander einmal, höchstens zweimal begegnet.

„Mit der hast du doch nie viel zu tun gehabt."

Es gab ein Gedränge und sie fiel hinter die Mutter zurück, die unbeirrt weitersprach.

„Ich weiß noch, dass sie dir schon damals immer zu affektiert war ..."

Hanna wurde weiter abgetrieben, und kurzzeitig verlor sie die Mutter aus den Augen. Während sie die Mutter einzuholen versuchte, bemühte sich Hanna es zu vermeiden, dass die Erinnerungen an die Schulzeit in ihr lebendig wurden, auf die die Mutter angespielt hatte, und die ihr schnell das Wiedersehen mit Kerstin trüben könnten.

Vor einem Gemüsestand blieb die Mutter so abrupt stehen, dass Hanna sich nur mit einem gewagten Satz in die Menge retten konnte. Sie löste sich sogleich wieder geschickt aus dem Menschenstrudel und schlängelte sich geschickt an die Seite der

Mutter zurück, immer auf der Hut, nicht gleich wieder abge-drängt zu werden. Die Mutter blickte Hanna fragend an.

„Das ist alles ewig her, Mama!"

„Ist schon gut, Hanna. Wenn du meinst, dass sich die Men-schen ändern, bitte. Ich habe meine Erfahrungen mit den Men-schen gemacht. Ich weiß nur, dieses Mädchen hat dir damals nicht gutgetan."

Die Mutter schien einmal wieder darauf aus, alte Wunden aufzureißen.

„Sie waren damals alle sehr hässlich zu dir."

„Das ist Jahre her, Mama. Du kannst doch Menschen nicht ewig Sachen nachtragen. Wir waren Kinder!"

„Ist gut, Hanna. Ich möchte mich auch gar nicht mit dir dar-über streiten."

Wäre sie doch bloß einfach mit Kerstin frühstücken gegan-gen, ging es Hanna durch den Kopf; jetzt gab es wieder nur sie und die Mutter.

„Gib mir mal mein Portemonnaie zurück, Hanna!"

Hanna erstarrte innerlich. Sie griff nach dem Portemonnaie in ihrer Manteltasche und hielt es der Mutter hin, die es ihr wort-los aus der Hand nahm und bezahlte. Mechanisch nahm Hanna ihr den Sack mit den Kartoffeln und das Bund Suppengemüse ab und verstaute die Sachen im Korb, trat von einem Bein auf das andere, während die Mutter sich alle Zeit der Welt nahm, aufs Neue den Blick über Karotten, Kartoffeln und Sellerie schweifen ließ und umständlich das Rückgeld im Portemonnaie verstaute.

„So", flötete sie überraschend heiter, „ich würde dich jetzt gern zu einem Becher Schokolade einladen, Hanna."

Hanna wusste im ersten Moment nicht, ob die Mutter es wirklich ernst meinte.

„Wir müssen auch nicht, wenn du keine Lust hast."

„Doch."

Ergeben trottete sie neben der Mutter her.

„Du klingst so bedrückt, Hanna, ist irgendetwas?"

Der Korb in Hannas Hand schien von Minute zu Minute schwerer zu werden, und ihre Finger und Handgelenke hatten bereits ein bisschen zu brennen begonnen.

„Nein, alles in Ordnung, Mama", stieß sie zwischen den Zähnen hervor. Und noch ehe sie sich die Frage zu beantworten wusste, ob es sich bei der Frau, die neben ihr ging, und von der sie eben noch der Unterschlagung ihres Portemonnaies verdächtigt worden war, und die sie jetzt so freundlich zum Kakao einlud, um ein und dieselbe Person handelte, verschwammen die Konturen vor ihren Augen; die Welt versank in grellem Weiß. Das dunkle Klopfen eines Hubschraubers zerplatzte an den umstehenden Häuserwänden.

3. Kapitel

Der Frühlingssonne gelang zum ersten Mal in diesem Jahr der Schwung über die Giebel der roten Backsteinhäuser, die sich zu beiden Seiten der Gasse schweigend gegenüberstanden. Hanna genoss die wärmenden Sonnenstrahlen auf ihrem Rücken, während sie die Neuausgaben in dem engen Schaufenster auslegte. Sehr zufrieden mit sich richtete sie sich schließlich auf, ließ einige Male die verspannten Schultern kreisen und betrachtete dabei versonnen den golden glänzenden Pfau, der über dem Gehsteig leise hin und her schwang.

Unter dem Rad schlagenden Vogel musste sie schon als kleines Mädchen hindurchmarschiert sein, wenn sie mit ihrer Notentasche in der Hand zum Klavierunterricht unterwegs war. An die schmale Mappe aus rotem Kunstleder konnte sie sich noch erinnern. Und auch an den Geruch von Bohnerwachs über den rundgetretenen Treppenstufen in der Musikschule. Vor allem aber erinnerte sie sich lebhaft des turbulenten Durcheinanders der Töne und Klänge, die durch alle Türen drangen und sich im Treppenhaus überschlugen.

Der Wind hatte eben eine Handvoll Blätter aufgelesen und ließ sie einen Reigen tanzen. Dann verlor er plötzlich das Interesse an der kleinen Bande und ließ sie in Ungnade fallen, bis auf ein paar freche Ausreißer. Die drei Schlingel liefen noch ein gutes Stück im Rinnstein entlang und machten dann ebenfalls schlapp, indes der Wind sich einem Damenfahrrad widmete, das an der Hauswand gegenüber lehnte; er riss einige Male kräftig an der schwarzen Plastiktüte, die über den Sattel gespannt war; die Tüte blähte sich auf, füllte sich ganz mit Luft, schien aber im Traum nicht daran zu denken, loszulassen.

Das Prasseln gegen die Schaufensterscheibe klang wie Hagelschlag. Direkt vor ihr auf dem Gehsteig stand ihre neue Chefin, Frau Vangaard. Als sie in Hannas verdutztes Gesicht sah, setzte sie eine bedauernde Miene auf, um aber schon im nächsten Augenblick rundheraus loszuprusten.

Hanna gelang es, unbeschadet aus der Auslage zu klettern, sehr darauf bedacht, nicht die himmelwärts strebenden Büchertürme umzuwerfen. Sie flitzte zur Tür und schloss hastig auf.

„Kindchen", lachte Frau Vangaard, als sie sich an Hanna vorbeischob, „lass mich mal erst zu Atem kommen." Sie wandte sich nach Hanna um und musterte sie durch die Gläser ihrer rosa Brille im 50er-Jahre-Look.

„Ich wollte Sie wirklich nicht erschrecken. Sie haben auf alle Fälle eine gute Figur gemacht!"

Die Chefin trat einen Schritt vor, musterte Hanna kurz, drückte Hanna beherzt eine in Papier eingeschlagene Flasche in die Hand und sauste mit kurzen, energischen Schritten durch den Laden davon. Hanna konnte hören, wie die schwere Holztür zum Büro gegen die Regalwand krachte, und kurz darauf war schon wieder das schnelle Klopfen von Frau Vangaards Absätzen zu vernehmen, die mit Sektgläsern bewaffnet auf Hanna zugestürmt kam.

„Hanna!", rief sie ihr entgegen, „was ist denn los? Na los, runter damit!"

Frau Vangaard riss mit einer einzigen, heftigen Handbewegung das Papier von der Sektflasche.

„So, Mädchen und nun raus mit dem Korken. Hopp, hopp."
Hanna sah ihre Chefin flehend an.

„Also schön", ergab sich Frau Vangaard gnädig, und im nächsten Augenblick schoss der Korken an die Decke. Frau Vangaard tat einen kurzen lustvollen Schrei; zum wirklich Erschrecktsein blieb aber wenig Zeit, weil der Sekt schon überschäumte.

„So!", klang es plötzlich zwei Tonlagen tiefer, und nachdem beide Gläser gefüllt waren, „für dich ab sofort nur noch Esther – Schluss mit dem albernen Getue!"

Sie stießen an, und Hanna nippte an ihrem Glas. Ihr Blick wanderte vom Saum des gelben Kleides, das mit kleinen, grünen Drachen bedruckt war, bis hinunter zu Esthers blauen Pumps.

Esther stellte sogleich tänzerisch ein Bein aus und hielt ihr den Schuh hin. Hanna hob schnell den Kopf. *Ihr entgeht nichts*, dachte sie, und spürte schon ein leises Klopfen hinter den Schläfen; der Sekt war schnell unterwegs und war nach den ersten Schlucken auch schon bei ihren Ohrläppchen angekommen, wo er kleine glühende Brandnester legte.

„Komm her zu mir", vernahm sie Esthers Stimme gefährlich nah an ihrem Ohr. Beinahe im selben Moment trafen Hannas und Esthers Körper zusammen. Die erste Schockwelle entging Hanna, denn sie wurde nahezu vollständig absorbiert von der scheinbar grenzenlosen Elastizität von Esthers butterweicher Physiognomie. *Wunderbar*!

Hanna hatte das wohlige Gefühl, in einen Pool randvoll mit warmem Wasser eingetaucht zu sein. An Esthers Seite schwebte sie durch den Tag. Kunden kamen und gingen, Esther schenkte Sekt nach, sie schwatzten und scherzten bis zum Abend.

Die kleine Buchhandlung, in der sie erst seit wenigen Wochen arbeitete, versöhnte sie auf wundersame Weise mit der großen Welt da draußen und ihrer kleinen, ihrer Zweieinhalb-Zimmer-Etagenwohnungswelt, mit ihren Zufallsbegegnungen, ihren Absonderungen und Absonderlichkeiten, wo das Vergessen blühte und auf den Balkonen die Vergissmeinnicht welkten. Aber jede dieser winzigen Zellen besaß in Hannas Vorstellung mit einem Mal ein kleines Türchen, das bloß aufgestoßen zu werden brauchte, um ins Freie zu gelangen. Alles erschien plötzlich so einfach, so leicht ...

4. Kapitel

Der Briefkasten war wieder einmal bis zum Rand vollgestopft mit Reklame für Polstermöbel, Klamotten und, ja, eine Traumschiffreise war auch dabei. Wer würde so eine Reise machen? Ihre Mutter? Ja, wenn sie das Geld dafür hätte, überlegte Hanna, während sie Stufe für Stufe zum dritten Stockwerk erklomm. In ihrer Wohnung umfing sie die trügerische Anonymität hellhöriger Wände. Noch nicht ganz aus der Jacke geschlüpft drückte sie auf den Knopf des blinkenden Anrufbeantworters, um es sogleich zu bereuen.

„Ja, hier ist Mama, kannst du bitte eine 40 Watt Glühbirne besorgen, du weißt, so eine, die man einschraubt oder zwei, für den Flur, für die Decke, die silberne Lampe, du weißt schon, über der Garderobe, ich glaube 40 Watt ist gut oder du kannst auch noch eine 60 Watt mitbringen, aber ich trau mich nicht, die ist vielleicht zu stark, nicht dass die Lampe schmilzt. Ich hoffe, es geht dir gut, na ja, wir sehen uns ja morgen, also, bis morgen dann, Hanna ... also, du musst sehen, ob du es schaffst, eine 40 und eine 60 Watt, damit ich da wieder Licht habe im Flur, also, bis morgen. Mama."

Hanna wünschte sich fort, zurück zu Esther, wo eben noch alles so weich gewesen war und warm und fröhlich. Hier aber herrschte schon wieder die Mutter, nie verlegen, Hanna um etwas zu bitten. Und es war immer etwas anderes, mal ein Strauß Blumen, mal ein Paket Toilettenpapier oder einfach eine Dose

Ananas. Natürlich fiel es der Mutter nicht ein, dass diese Besorgungen Hanna jedes Mal Zeit und Kraft abverlangten. Der eigentliche Sinn und Zweck bestand wohl auch wirklich nur darin, Hanna, anlässlich dieser Gefälligkeiten, immer wieder herbeizuzitieren. Vielleicht war sie auch ein bisschen selbst daran schuld, schließlich parierte sie ja auch immer. Bis auf das eine Mal: Staubsaugerbeutel. Und Hanna hatte *nein* gesagt. Die Mutter ging darüber hinweg.

„Du weißt schon. Die, die ich immer habe."

„Nein, Mama."

„Wie bitte? Ach so, es muss nicht sofort sein, Hanna."

Die Tage vergingen, doch nichts geschah. Die Mutter verlor kein Wort darüber. Und so blieb alles wie gehabt, als hätte es Hannas Weigerung nie gegeben. *Zwei Glühbirnen, also gut.*

In der Küche war es angenehm kühl. Hanna legte die Post auf den Tisch und schloss das angekippte Fenster. Als sie sich wieder dem Stapel zuwendete, stutzte sie. Verwundert betrachtete sie den Absender. Wer schrieb ihr da? Koslowski. Sie kannte niemanden mit diesem Namen. Australien? Das lag da unten, auf der anderen Seite der Welt, und sie betrachtete einen Moment lang den Küchenboden zu ihren Füßen. Eine Verwechslung; das wäre schon möglich. Andererseits, Name und Anschrift stimmten überein. Also, wer bitte schön wollte ihr ernstlich einen Vorwurf machen, wenn sie den Brief öffnete? Je länger sie die Sache erwog, desto mehr verspürte sie die Verlockung ...

Träumte sie oder war sie wach? Um sicher zu gehen, schlug sie die Augen auf. Das fahle Licht der Straßenlaterne tuschte ein paar schmutzig gelbe Schlieren auf die nächtliche Wohnzimmertapete. Fröstelnd zog sie die Beine an. Sie versuchte in der Finsternis, die Stellung der Zeiger ihrer Armbanduhr auszumachen. Wenn sie die kleinen Punkte auf dem Zifferblatt richtig deutete, war Mitternacht bereits vorüber. Sie ging ins Bad. Hatte sie selbst das geschrieben? *Papa* stand dort in geschwungenen Buchstaben auf dem Spiegel zu lesen. Mit der Fingerspitze fuhr sie sacht über die fettglänzende braunrote Farbspur und rieb prüfend Finger und Daumen gegeneinander.

Sie löschte hinter sich das Licht und schlich durch das schummerige Höhlendunkel des Flurs. Sie lugte in die Küche. Auf dem Tisch lagen, vom Straßenlicht matt beschienen, die ausgebreiteten Seiten des Briefes. *Also doch kein Traum?* Nach und nach fiel es ihr wieder ein. Dieser Georg Koslowski hatte eine Tochter, die Hanna hieß. Er hatte an sie geschrieben, jedes Jahr, seit sie fünf Jahre alt war. Und weil er nie Antwort von ihr erhielt, hatte er irgendwann zu schreiben aufgehört. Nur jetzt, da sie nun bald Dreißig würde ...

Hanna musste an eine Fotografie denken, die um ihren fünften Geburtstag herum gemacht worden war; sie zeigte ein kleines, pausbäckiges Mädchen, mit großen dunklen Augen und ernstem Blick. Die kleinen Hände waren fest um den Lenker eines Kinderfahrrads geschlossen, und dahinter, verschwommen, durch das Glas der Balkontür, sah man eine knorrige Kastanie. Warum fiel ihr gerade jetzt dieses Foto ein? Und was hatte das mit dem Brief hier zu tun? Überhaupt nichts! Da schrieb ihr ein wildfremder Mann einen Brief, und schon begann sie in ihrer Erinnerung zu kramen. Das war lächerlich. Noch dazu Australien! Jemand behauptete ihr Vater zu sein oder besser noch, jemand wohnte in Australien und behauptete ihr Vater zu sein. Absurd.

Allerdings gab es die Schilderungen über ihn selbst, diesen Georg, und über eine junge Frau aus dem Wendland, auf einer Demo, die zufällig Christine hieß, so wie ihre Mutter. Zufall? fragte sich Hanna. Hanna sah Szenen vor sich, die sie sie aus dem Fernsehen kannte: Leute in durchnässten Anoraks, Wasserwerfer, Polizisten. Aber wie passte das alles zusammen? Sie versuchte sich die Mutter als junge Frau vorzustellen, in Parka und Gummistiefeln.

Hanna tastete nach dem Lichtschalter und stakste müde zum Tisch. Mit klammen Fingern griff sie nach den beiden Briefbögen und begann zu lesen, scheu und behutsam, jedes einzelne Wort prüfend. Gewissenhaft erwog sie noch einmal jede Formulierung, folgte dem leisesten Hinweis auf der Suche nach einer Ungereimtheit. Aber schon nach kurzer Zeit, zogen sie die Worte wieder in ihren Bann; die Geschichte wurde immer lebendiger und die Bilder immer klarer. Es war die abenteuerliche Begegnung zweier junger Menschen, die der Zufall zusammengeführt hatte, und deren Weg sich kurz darauf wieder trennte, für immer. Ein Liebespaar: Lust und Leidenschaft. Und aus.

Nachher lag Hanna noch lange wach und sehnte sich nach dem Morgen.

5. Kapitel

Hanna nahm den Mantel vom Garderobenhaken, schlüpfte in die Ärmel und zog den Reißverschluss hoch. Bevor sie ging, warf sie noch einen allerletzten Blick auf die beiden Briefbögen, die sorgfältig geglättet auf dem Küchentisch lagen. Schließlich riss sie sich los, trat in den Hausflur und schloss hinter sich die Tür.

Auf der Fußgängerbrücke kamen ihr ein paar Schulkinder entgegengestürmt. Sie spürte das Trommeln der Schritte unter ihren Füßen. Plötzlich hatte sie das Gefühl, dass der Boden unter ihr nachgab, und sie klammerte sich an das feuchte Brückengeländer. Lachend und jubelnd rannten die Kinder an ihr vorbei.

Nebelschleier schwebten über dem Fluss. Auf dem Ufergras funkelten die Tautropfen im Sonnenlicht. Die Kinder waren fort, ihre hellen Stimmen verklungen, das Zittern des Brückenbodens kaum noch zu spüren. Als sie aufblickte, sah sie sich unvermittelt einem Jogger gegenüber; groß und breitschultrig schoss er an ihr vorüber und ließ sie in einer Wolke von Seife und frischem Schweiß zurück, ehe sie sich in der noch eisigen Morgenluft verlor. Er hatte ihr zugelächelt. Dieses flüchtige Einverständnis schenkte ihr etwas Swing für ihre müden Beine.

Als sie kurze Zeit später nichts ahnend die Buchhandlung betrat, standen sie ihr zu fünft gegenüber: Rolf und Hannes, Esther, Kerstin und, sie musste sich erst einen Moment besinnen, der Orangenverkäufer! Kerstin – noch immer die erfolgreiche

Jägerin. Es gab Hanna einen leisen Stich, und sie spürte, wie sie errötete.

Über den Köpfen der Gratulanten spannte sich eine bunte Geburtstagsgirlande. Von den Bücherregalen baumelten Luftballons herab. Rechts des Eingangs war ein kleines Buffet aufgebaut, und Hanna sah geschnittenes Obst, Spieße mit Käse, Weintrauben.

Esther blinzelte Hanna verschmitzt zu, und auf ein Zeichen von ihr stimmten alle gemeinsam ein Geburtstagsständchen an. Kerstin strahlte und Hanna musste sich fragen, ob es die Freude über die gelungene Überraschung war oder ob es nicht doch viel mehr ihr kleiner Jagderfolg war, der Kerstin heute Morgen so fröhlich stimmte? Aber sie wollte jetzt nicht schlecht über Kerstin denken, am Ende würde sie sich damit nur selbst um die Geburtstagsstimmung bringen. Bei dem Gedanken ließ sie den Blick eilig weiterwandern. Hannes und Rolf waren die Inhaber einer Boutique einige Häuser weiter die Straße hinauf; Hanna kannte sie schon aus der Zeit, als sie sich von ihrer Mutter das Kleidergeld erstritten hatte. Kerstin hatte ihr den Rücken gestärkt, und sie immer wieder ermutigt, sich nicht so einfach geschlagen zu geben. Hanna verordnete sich eine kleine Dosis Dankbarkeit dafür.

„Herzlichen Glückwunsch, Hanna", trällerte Esther, als das Lied vorbei war und kam mit weit ausgebreiteten Schwingen auf sie zugeflogen. Hanna holte tief Luft und machte sich bereit, in Esthers weichen Armen zu versinken.

Kerstins knöcherne Umarmung war das genaue Gegenteil davon, eher eine Art Judotechnik mit angedeutetem Würger. Sie drückte ihr zwei Windlichter aus gelbem Glas in die Hand und beteuerte, wie sehr sie Hanna schon jetzt um die Gläser beneide, denn es seien die beiden Letzten gewesen. Hanna rieb sich unterdessen lächelnd den schmerzenden Nacken.

Rolf und Hannes schenkten ihr einen Gutschein für ihren Laden. „Oder du kommst mal einfach so auf einen Kaffee vorbei", fügte Rolf hinzu.

„Klar, danke, mach ich. Mach ich gern. Super."

Der Orangenverkäufer hielt ihr sein Sektglas entgegen. „Ich bin Ibo. Von mir. Nicht das Glas, was drin ist."

Er nahm Hannas Lächeln als Dankeschön und gab ihr ein Küsschen aufs Ohrläppchen. Er verströmte dabei einen sehr männlichen Duft ... *Orangenschale*!

Rolf und Hannes gingen schließlich, um ihren Laden aufzuschließen. Kerstin und Ibo verabschiedeten sich ebenfalls, und Hanna sah die beiden Arm in Arm die Straße entlangschlendern. Esther stand auf einmal neben ihr und folgte ihrem Blick auf die Straße hinaus. Ja, Kerstin hatte ihr beigestanden, damals, jetzt waren sie aber wohl quitt.

„Es war übrigens Kerstins Idee", sagte Esther.

Ja, ging es Hanna durch den Sinn, Kerstin hat ihren Auftritt gehabt, aber das brauchte sie Esther bestimmt nicht zu sagen. Hanna war in dem Augenblick, als sie Ibo wiedererkannte, errötet, das war auch Esther nicht entgangen, das hatten alle gesehen. Kerstins Auftritt, mit dem Orangenmann im Schlepptau, ohne Vorwarnung. Jawohl, quitt!

6. Kapitel

Am selben Abend saß sie in der Küche der Mutter. Ihre Knöchel schmerzten. In der Großbuchhandlung, in der sie gelernt und anschließend zehn Jahre gearbeitet hatte, war es häufig treppauf und treppab gegangen, manchmal vom Kellergeschoss bis hoch hinauf in die Fachbuchabteilungen im dritten Stock. Jetzt fehlte ihr die Bewegung, ihr regelmäßiges Treppenworkout. Nichts war so unangenehm, wie das lange Stehen tagsüber in Esthers kleiner Buchhandlung, wenn das Blut in den Venen versackte, die Füße anschwollen und abends wie Feuer brannten. Hanna streifte unter dem Tisch die Sandalen ab.

Während die Kälte der Küchenfliesen lindernd in ihren Füßen emporstieg, gingen ihre Gedanken auf Reisen. Ihr Geburtstag im vergangenen Jahr ...

Die Ostsee war noch eisig gewesen, aber sie hatte sich überwunden und war mit aufgekrempelten Hosen hineingestakst, bis zu den Knöcheln, und dann tapfer weiter, bis sie das kristallklare Wasser in die Kniekehlen biss und ihren Hosensaum dunkel färbte. Sie war sich mutig vorgekommen, erst recht, als sie sah wie sehr Stephan sich anstellte; er wagte sich mit seinen dürren, sommersprossigen Beinen nur bis zu den Knöcheln hinein.

„Wie ist es denn jetzt so?", erklang die Stimme der Mutter.

Eiskalt wollte Hanna sagen. Sie blickte von ihren geschwollenen Füßen auf, wo sich die Riemchen ihrer Sandalen in die Haut eingedrückt und rote Striemen zurückgelassen hatten. Die Mutter hantierte mit etwas im Spülbecken.

„Ich meine in der Buchhandlung, bei der Frau, wie heißt sie noch ...?", schob die Mutter nach.

„Vangaard", half Hanna ihr.

„Ja, natürlich. Ich kam jetzt nur nicht auf den Namen."

„Das ist Job-Talk, Mama."

„Wie bitte?"

„Arbeitsgequatsche! Ich habe keine Lust mit dir jetzt über die Arbeit zu reden."

Die Mutter blickte sich kurz zu ihr um und hob die Augenbrauen, scheinbar mehr erstaunt als verärgert über Hannas harsche Abfuhr. Sie wusste, dass die Mutter darauf brannte, etwas über die Buchhandlung oder vielmehr über ihre Chefin zu erfahren. Das war es wohl auch, warum sie jetzt so locker über Hannas schroffe Bemerkung hinwegging.

„Na ja, also ein bisschen kannst du doch wohl mal erzählen", versuchte sie es erneut.

Etwas kochte über, es zischte, und über dem Herd zuckten blaue und orange Flämmchen.

Hanna beeilte sich, mit ihren Gedanken zurück ans Meer zu kommen. Stephan hatte mit einem Handtuchtrick das Vorhängeschloss eines Strandkorbs gesprengt und sie hatten sich darin geliebt. Er bewies ein sadistisches Gefühl für Timing, indem er gleich im Anschluss daran mit ihr Schluss machte, die Hose zugeknöpfte und seelenruhig eine halbe Packung Butterkekse verspeiste. Die andere Hälfte verfütterte er an eine Silbermöwe, ein riesiges Biest, das auf dem Dach des benachbarten Strandkorbs hockte, und Hanna fortwährend abschätzig musterte.

„Aber die Frau Vangaard", meldete sich die Stimme der Mutter zurück, „sag mal, die ist ja wohl so ein bisschen *flippig* oder wie soll ich es sagen?"

Hanna war die recht unkonventionelle, bunte Art wie Esther sich kleidete sofort sympathisch gewesen; es lag etwas grundsätzlich Lebensbejahendes darin, eine unbeirrbare Zuversicht, die Hanna fröhlich stimmte. Wenn aber die Mutter „flippig" sagte, dann sicherlich wegen eines Makels, den sie darin zu erkennen meinte, und der ihr zugleich Anlass zu Vermutungen und Verdächtigungen in alle Richtungen gab. Sie würde in ihrem Eifer nicht nachlassen, bis sie etwas fand, das Hanna auf die Palme brachte. Die Mutter war sehr findig, und die Bezeichnung *flippig* war sicher auch nur der Anfang einer langen Reihe herablassender Bemerkungen, ein erster Steinwurf auf vermintes Terrain. Hanna begann auch schon sich innerlich zu wappnen. Was immer die Mutter sich gegen Esther ausdachte, sie würde Esther verteidigen, mit allen Mitteln. Esther war großartig. Sie kleidete sich wie sie wollte – ja und *wie* sie sich kleidete!

„Frau Vangaard hat mir übrigens gestern das Du angeboten."

Wie Hanna schon geahnt hatte, gab sich die Mutter unbeeindruckt. Das *Aha*, mit dem sie die Neuigkeit knapp quittierte, kam jedoch prompt, und die Herablassung in der Stimme war kaum zu überhören. Während Hanna gespannt auf eine weitere Reaktion wartete, beobachtete sie die Mutter genau wie sie die rotweiß-karierten Ofenhandschuhe überstülpte, die Ofenklappe öffnete, den Römertopf herauszog und ihn auf den Herd stellte.

„Weißt du, Hanna", sagte die Mutter, während sie den Deckel vom Topf abhob und einen prüfenden Blick auf den dampfenden Braten warf, „ich finde es nicht immer so klug, wenn man sich mit der Chefin duzt."

Ob Hannas Chefin nun flippig war oder normal oder sogar *irre*, wie die Mutter wahrscheinlich mutmaßte, das alles spielte nicht wirklich eine Rolle. Wirklich entscheidend war, dass man sich mit der Chefin nicht duzte, das stellte sonst alles auf den Kopf, die heilige Weltordnung der Mutter geriet ernstlich in Gefahr. War wohl je einmal ihrer Mutter das Du angetragen worden? fragte sich Hanna. Von Herrn Kayser vielleicht, von Schuh-Kayser? Nein!

Unter Einsatz einer Schaumkelle und eines Holzlöffels bugsierte die Mutter das kastenförmige Bratenstück aus dem Topf heraus, hob es tropfend über das Spülbecken hinweg, bis hinüber zum Schneidebrett, wo es wohlbehalten landete. Dann ging es ans Zerteilen. Den stoßenden Bewegungen der Mutter war deutlich anzumerken, dass die seit je her stumpfe Klinge des Fleischmessers nur mit großer Mühe den Weg durch die dunkle Bratenkruste fand.

Hanna musste an den Brief denken, der noch immer bei ihr zu Hause auf dem Küchentisch lag. Wenn dieser Mann, dieser Georg Koslowski, tatsächlich ihr Vater war, und er ihr, wie er behauptete, über viele Jahre hindurch regelmäßig geschrieben hatte, was hatte ihre Mutter dann wohl mit all den Briefen gemacht?

„Hat mein Vater mal geschrieben oder so?", hörte sie sich sagen und ihr Herz begann zu klopfen.

Die Mutter legte das Messer zur Seite, und Hanna machte sich auf eine Antwort gefasst. Doch statt zu antworten, nahm die Mutter seelenruhig zwei gehäkelte Topflappen vom Haken über der Spüle und goss das dampfende Kartoffelwasser über dem Becken ab, offenbar fest entschlossen, die Frage zu überhören. Hanna hielt die Stuhlkanten umklammert.

„Hat er oder hat er nicht?", versuchte sie es erneut. Es bereitete Hanna nun schon erhebliche Mühe, ihre Anspannung zu verbergen.

Die Mutter ließ sich auch jetzt in ihrer Routine nicht unterbrechen. Sie stellte zwei Essteller auf den Tisch, legte das Besteck in die Mitte und war schon wieder auf halbem Weg zurück zum Herd.

„Du kennst doch meine Meinung dazu, Hanna, ich möchte das nicht jedes Mal wieder neu diskutieren", kam jetzt die frostige Antwort. Hannas Füße fühlten sich plötzlich eisig an, und sie schlüpfte rasch zurück in die Sandalen.

Die Mutter kam mit Kartoffeln und Bohnen zurück an den Tisch.

„Die Bohnen haben mir überhaupt nicht gefallen. Aber, na ja", fuhr sie im selben harschen Ton fort, ebenso streng und unerbittlich wie gegen Hanna, nun auch gegen das Gemüse.

Hanna ließ den Kopf über den Teller sinken, während die Mutter ihre Hoffnung, jemals etwas über ihren Vater zu erfahren, unter einem Haufen Bohnen begrub. Hanna aß mechanisch, stocherte kraftlos im Essen herum und legte schließlich das Besteck aus der Hand.

„Bist du schon satt?", und ohne eine Antwort abzuwarten, stach die Mutter mit der Gabel gierig auf ein paar Stücke Fleisch ein, die Hanna am Tellerrand aufgereiht hatte. Hanna vermied es, die Mutter dabei anzusehen. Erst als sie das Schurren des Stuhls auf den Küchenfliesen hörte, blickte sie auf. Die Mutter begann, das Geschirr abzuräumen. Als Hanna ihr ihren Teller reichen wollte, wehrte sie mit einer fahrigen Handbewegung ab.

„Lass mal, ich mach das schon. Geh doch schon mal ins Wohnzimmer, Hanna."

Sie war nicht überrascht; sie hatte sogar fest damit gerechnet, dass sie entlassen würde. Die Küche war ja seit je her uneingeschränktes Herrschaftsgebiet der Mutter, und Hanna dort meistens nur im Weg.

Hanna rückte rasch vom Tisch ab und schloss die Schnallen ihrer Sandalen. Auf der Schwelle zum Wohnzimmer blieb sie unschlüssig stehen. Mit dem Geruch von Bohnerwachs, der ihr aus den Dielenfugen in die Nase stieg, war sie gedanklich für einen Augenblick noch einmal das kleine Mädchen, das auf Socken so gern über den glatten Holzboden geschlittert war. Für so etwas war jetzt keine Zeit. Für ihr Vorhaben brauchte es vor allem eines: Abstand.

Also, was haben wir hier? Gehobener Möbelhausstandard. Esstisch mit vier Stühlen aus lackierter Buche, zu deren Füßen ein blauer Webteppich. In der Ecke links einen Vitrinenschrank, über die Wandlänge eine haselnussbraune Regalwand: darin enthalten zwei Regalmeter Taschenbücher, ein Regalmeter gebundene Bände, zwei gerahmte Porträtfotografien, etwas Keramiknippes sowie zwei blaue Glasvasen sowie drei DVDs, noch in Folie verschweißt, die die Mutter sich in der Großbuchhandlung hatte empfehlen lassen, und die sie irgendwann einmal sehen wollte, wenn sie einen DVD-Player hätte. Das war's! Alles war sauber und akkurat geordnet, und Hanna glitt in Gedanken unversehens wieder in ihre Kindheit zurück; sie erinnerte sich noch immer gut daran wie sie schon als Kind manchmal die Vorstellung beschlichen hatte, alles im Wohnzimmer sei auf geheimnisvolle Weise miteinander verwachsen.

Langsam löste sich von der Türschwelle, passierte den Esstisch und steuerte auf den Fernseher zu, der die Mitte der Regalwand für sich beanspruchte. Noch bevor sie ihn erreicht hatte, besann sie sich erneut, schickte einen Suchstrahl aus, tastete mit dem Blick sorgsam das Zimmer ab und ließ ihn wie einen Tastfühler über die lackierten Möbel streichen.

Der hermetische Charakter der Einrichtung verlieh ihrem Vorhaben etwas zutiefst Hoffnungsloses. Das Unterfangen war so lächerlich wie aussichtslos. Kannte sie denn nicht jeden Winkel der Wohnung, jede Nische, wie die im Flur hinter dem Vorhang, wo der Staubsauger stand, und wo im Regal die Putzmittel und der Karton mit Schuhcreme und Bürsten lagen? Wo im Himmel sollte sie dann bitteschön anfangen nach einem Stapel von Briefen zu suchen, auf die sie, wenn diese Briefe wirklich existierten, doch eigentlich längst schon einmal hätte stoßen müssen. Wenn hier wirklich ein Schatz vergraben war, so schlummerte er auf jeden Fall nicht klaftertief in der Erde, und sicher auch nicht unter den gewischten Bodendielen. Vielmehr lag das Gesuchte, wenn es überhaupt da wäre, direkt vor ihren Augen.

Selbst für den Fall, dass die Mutter die Briefe weggeworfen hatte, gäbe es da immer noch die Hoffnung auf einen klitzekleinen Hinweis auf Hannas Vater. Diesen Gedanken galt es lebendig zu halten; wenn sie ihn verwarf, wäre alles vorbei. *Also dann Hanna!* spornte sie sich selbst an. Eine flüchtige Notiz vielleicht, auf einen Zettel gekritzelt. Irgendein unscheinbares Indiz. Das konnte dann wohl so ziemlich alles sein. Australien? Ja! Australien! Was gab es denn da? Sydney, die Oper. Was noch? Das rote Bergmassiv, das man manchmal auf Postern sah. Kängurus! Natürlich. Sie musste die Augen offenhalten. Kängurus. Aus Stoff vielleicht. Und Aborigines. Wohl eher nicht. Eine Postkarte, ja! Und die Briefe, ein Bündel ...

Während sie überlegte, begann sie sich langsam kreisend um sich selbst zu drehen. Der Vitrinenschrank machte einen zwielichtigen Eindruck, und sie ging darauf zu. Durch die Fenster blinzelten sie die Kristallgläser an. Sie griff nach dem kleinen Schlüssel, der im Schloss steckte. Es klemmte. Sie rüttelte ein bisschen daran herum, und sofort meldeten sich von drinnen die Gläser und klimperten lustig um die Wette.

„Hanna?", kam es prompt aus der Küche.

Sie hielt inne.

„Ist alles in Ordnung?"

Hanna machte einen schwungvollen Ausfallschritt zum Fernseher hin und drückte den Knopf.

„Was suchst du denn? Da ist nichts für dich drin!", rief es erneut aus der Küche.

Die letzten Worte der Mutter wurden bereits vom Nachrichtensprecher übertönt, und Hanna wagte es nicht, sich zu rühren. Während sie wie eingefroren vor dem Bildschirm ausharrte, wurde sie Zeuge, wie tausend Kilometer nördlich von ihr die Schneedecke dahinschmolz. Ein Mann um die Fünfzig, Typ sonnenverwöhnter Abenteurer, lugte aus der Kapuze seines orange leuchtenden Anoraks heraus. Er stand vor einer zerklüfteten, bläulich schimmernden Eiswand und sprach in ein fransiges Mikrofon, eifrig darum bemüht, dem einzigartigen Anblick kalbender Gletscher in seinem Rücken eine apokalyptische Note einzuimpfen. *Gletscherkühe, die ihre Kälber unbarmherzig ins eisige Wasser hineingebaren. Blöde Kühe! Gab es Väter? Gletscherväter? – und wenn ja, wo steckten sie?*

Hanna löste sich aus ihrer Erstarrung und glitt vorsichtig einen Schritt auf die Bücherwand zu. Sie schnappte sich die Fernbedienung und wechselte zum nächsten Kanal. Ein Mann fuhr mit seinem Arm, der in einem schwarzen Gummihandschuh steckte, bis fast zur Achsel in den Hintern einer Kuh - *zapp* - ein Nachrichtensprecher kündigte den Beitrag zu einer abgebrannten, wie er wörtlich sagte „Flügelmastfabrik" an - *zapp* - ein massiger Tierpfleger mit Fistelstimme umgarnte eine Würgeschlange mit „naaah, meine Süße." Und aus: Das Bild schnurrte zu einem weißen Punkt zusammen.

Hanna lauschte in die Wohnung. Ein Küchenschrank klappte. Rasch flatterte sie zum Bücherregal und warf einen flüchtigen Blick hinter die Buchreihen. Zwecklos, sie müsste die ganze Wohnung auf den Kopf stellen. Sie hatte ein Kribbeln im ganzen Körper und fühlte schon den Blick der Mutter im Nacken. Flink fuhr sie herum. Die Schwelle war verwaist. Leichtfüßig tänzelte sie durch den Raum bis zur Tür.

Als sie in den Flur eintrat, kam ihr die Mutter entgegen. Sie trug ein flaches, in geblümtes Seidenpapier eingeschlagenes Päckchen vor sich her. Hanna ließ die Mutter passieren, deren Blick prüfend einige Male von Esstisch zu Couchtisch und wieder zurückwanderte. Schließlich legte sie das Päckchen auf dem Esstisch ab und blickte sich lächelnd nach Hanna um.

„Hoffentlich gefällt es dir ...", sagte die Mutter.

Sonst behalte ich es eben für mich! vervollständigte sie den Satz der Mutter still für sich.

Hanna schritt um den Esstisch herum und löste das Schleifenband. Sie zerriss das zarte Seidenpapier und legte ein gewebtes Tuch frei. Als sie es auseinanderfaltete, fiel ihr der Stoff bis über die Füße. Sie nahm es in der Mitte zusammen und legte es sich über die Schultern. In ihrem Rücken begann die Mutter sogleich daran herumzuzupfen. Hanna hielt eine Weile still und kam sich bald vor wie eine Puppe. Die alberne Prozedur wollte gar kein Ende nehmen. Schließlich wandte sie sich um, gab der Mutter einen Kuss auf die Wange und bedankte sich artig. Und als könnten sie hier drinnen belauscht werden, vernahm Hanna leise und beschwörend die Stimme der Mutter: „Es ist ein sehr edler, sehr hochwertiger Stoff, Hanna."

Schnell entwand sie sich der Mutter und flüchtete vor den Flurspiegel, wo sie einige Varianten ausprobierte. Als sie schließlich ins Wohnzimmer zurückkehrte, saß die Mutter kerzengerade auf der Couch.

„Komm doch noch mal her, Hanna."

Widerstrebend näherte sie sich dem Sofa, von wo aus die Mutter erneut die Hände nach dem Tuch ausstreckte, den Stoff bauschte und glättete, ihn über den Handrücken fließen ließ, mit den Fingerspitzen streichelte, ihn zog und knetete, bis Hanna sich einmal mehr losriss und in den Flur enteilte.

Sie hatte eine recht klare Vorstellung davon, wie der Abend verlaufen würde, wenn sie bliebe. Sie spürte schon jetzt ganz deutlich die ersten Anzeichen von Nervosität in sich aufsteigen, eine Spannung, die sich früher oder später in Wut entladen würde. Vielleicht sollte sie der Mutter das Tuch gleich vor die Füße werfen und gehen. Es war ihr dreißigster Geburtstag, und die Mutter hatte wieder einmal alle ihre Versuche zunichte gemacht. Das Tuch, immer nur das blöde Tuch; das ganze alberne Brimborium, das die Mutter darum machte, und keine Silbe über Hannas Vater!

Die Lampe über dem Garderobenspiegel begann wie wild zu flackern. Hanna nahm ihre Jacke vom Ständer und zog sie über. Das würde der Mutter ihre Entschlossenheit zu gehen hoffentlich deutlich machen. Sie drückte den Lichtschalter und machte so dem Flackern der Lampe ein Ende. Durch die Wohnzimmertür fiel ein schmaler honiggelber Lichtstreif in den Flur, und sie hörte die Mutter fahrig in der Programmzeitschrift blättern.

„Mama? Mama, ich muss jetzt los!"

Die Mutter blickte sichtlich irritiert.

„Ja ... ach so, aber wo willst du denn jetzt hin?"

„Wo soll ich schon groß hinsollen? Nach Hause!"

„Aber ich dachte, wir sitzen noch ein bisschen ...".

„Mama, ich bin total müde. Der Tag war heute *super* anstrengend für mich."

„Ich habe noch ein Eis im Kühlschrank. Ich wollte uns Kirschen dazu heißmachen."

Die Strategie der Mutter, ihren Aufbruch auf diese Weise noch etwas hinauszuzögern, war sehr geschickt, das Angebot verlockend; jetzt hieß es Standhalten.

„Nein, Mama. Es geht nicht. Wirklich nicht. Ich bin völlig geschafft."

„Gut, Hanna."

Als die Mutter sich anschickte, aufzustehen, eilte Hanna zur Couch, beugte sich zu ihr hinab und gab ihr einen Kuss auf die Stirn.

„Es war ein schöner Geburtstag. Das Essen war sehr lecker und", sie hielt einen Zipfel des Schaltuchs hoch, „das Tuch ist wirklich wunderschön, Mama."

Hanna winkte noch einmal flüchtig, war schon an der Wohnungstür und nahm drei Treppenstufen auf einmal. Sie lief durch dunkle Straßen und trank mit tiefen Zügen die kühle und schon taufeuchte Abendluft.

Vor dem Kino hatte sich eine Menschentraube gebildet. Im hellen Licht, das aus dem Foyer auf den Gehsteig fiel, sah sie einzelne Gesichter scharf umrissen, Zigarettenrauch und Atemdampf stiegen kringelnd über den Köpfen in den Nachthimmel auf. Hanna ging gern ins Kino. Mit Stephan hatte es am meisten Spaß gemacht. Im Programmkino hatten sie nicht einmal den Eintritt zahlen müssen, weil er mit dem Filmvorführer befreundet war. Um Stephan hatte es eine Clique gegeben, die sich regelmäßig traf, um gemeinsam Filme anzusehen und nachher beim Bier darüber zu reden. Einige Wochen nach ihrer Trennung war er zum Studium nach Göttingen gezogen. Es war Hanna ohnehin immer bewusst gewesen, dass sie in der Kinoclique nur Stephans Anhängsel war; die anderen hätten sie nachher nicht zu schneiden brauchen.

Es war Freitagabend. Viele ihrer Bekannten läuteten mit einem Kinobesuch schon mal das Wochenende ein. Hanna rechnete jeden Augenblick damit, einer ihrer ehemaligen Arbeitskolleginnen aus der Großbuchhandlung zu begegnen. Sie schlängelte sich so unauffällig wie möglich durch die Reihen. Eilig ließ sie die Menge hinter sich. Erst als sie um die Straßenecke war, verlangsamte sie wieder den Schritt.

Auf dem Zebrastreifen, unter der orangenen Straßenbeleuchtung, ging sie durch ihre eigenen, golden glitzernden Atemwolken. Sicher gab es Frost! Die Kälte biss sie bereits in die nackten Zehen, und sie beschleunigte abermals. Sie musste durch das nächtliche Ödland des Stadtzentrums. Das Klacken ihrer Absätze sprang in die entferntesten Ecken und Winkel, lief ihr voraus und kam wieder zurück. Weiter, immer weiter, im Glanz unzähliger Lichter. Grell ausgeleuchtete Stillleben hinter Panzerglas; Puppen, deren starre Augenpaare ihr zu folgen schienen. Und vorbei an einem riesigen klaffenden Schlund umringt von mächtigen Kränen, die hoch aufragten, in den sternlosen schwarzen Himmel.

Ihre Knöchel brannten wie Feuer, und ihre Zehen hatte sie vor zehn Minuten das letzte Mal gespürt. Endlich tauchte vor ihr das Flussufer auf und die vertraute Wölbung der Fußgängerbrücke. Auf der Brüstung eine Galaxie funkelnder Tropfen. Sie hatte den Scheitelpunkt der Brücke schon hinter sich, als sie die zwei torkelnden Gestalten bemerkte, die ihr entgegenkamen. Es war zu spät, um noch umzukehren. Das Gesicht im Schaltuch tief verborgen stahl sie sich an ihnen vorbei und horchte bangen Herzens auf die verhallenden Schritte.

7. Kapitel

Hannas Geburtstag lag bereits einige Tage zurück, als Kerstin unvermittelt vor der Buchhandlung auftauchte. Hanna freute sich, Kerstin wiederzusehen. Ihre Eifersucht wegen Kerstins Erfolg bei Ibo hatte sie inzwischen einigermaßen überwunden. Von Hannas kurzem Flirt mit Ibo am Orangenstand wusste Kerstin wahrscheinlich auch gar nichts. Nachdem Kerstin für eine Weile die Bücher im Schaufenster angesehen hatte, kam sie schließlich herein. Sie wirkte so wie immer, ganz natürlich und unbesorgt, und sie kam gleich zur Sache. Sie wollte Hanna auf einen kleinen Mittagsimbiss entführen. Es war gerade keine Kundschaft zugegen, und so gab Esther ihr über Mittag frei. Kerstin schlug die Konditorei an der Hubbrücke vor. Sie nahmen den Weg, der auf dem Wall, oberhalb des Kanals entlangführte. Hin und wieder erhaschten sie einen Blick zwischen den Bäumen und Bootsschuppen hindurch auf das grünschwarze Gewässer. Einmal blieb Kerstin unversehens stehen und wies mit dem Finger auf eine Parkbank am gegenüberliegenden Ufer.

„Weißt du noch …? fragte Kerstin verschwörerisch und weckte bei Hanna einige blasse Erinnerungen an die Schulzeit. Kerstin und sie hatten dort manche Sportstunde zugebracht, während ihre Mitschüler, keuchend und schwitzend, den sandigen Spazierweg am Kanal entlanggehastet waren.

Auf dem Kanal näherte sich ein Ausflugsdampfer mit flatternden Wimpeln, eine dünne, blaue Rauchfahne hinter sich herziehend.

Während sie noch dem Dampfer nachblickten, hatte sich eine Bande Krähen den Mülleimer neben der Bank vorgeknöpft. Zwei der bläulich glänzenden Tiere polkten auf Teufel komm raus alles hervor, was der Eimer hergab: Plastiktüten, Essensreste, Zeitungspapier; alles wurde pickend verlesen und schnäbelnd inspiziert. Was nicht mehr von Interesse war, wurde dem Spiel des Winds überlassen, der es fast noch bunter trieb, und alles, was die gefiederten Freunde aus ihren Fittichen entließen, weithin über die Rasenfläche verteilte, die struppigen Hecken damit schmückte und alles, was leicht genug war, bis hoch hinauf in die noch kahlen Äste der Kastanien wirbelte.

Hanna hatte auf Kerstins Frage noch keine Antwort gefunden. Natürlich, ja, sie erinnerte sich noch daran. Aber sich heute darüber Gedanken zu machen, war doch albern. Damals, auf der Bank, mit der selbstgedrehten Zigarette zwischen den Fingern und dem Tabaksbeutel auf den Knien, waren sie sich gewitzt vorgekommen.

„Das liegt doch nun alles schon so lange zurück ...", gab Hanna schließlich zu bedenken.

Sie gingen schweigend weiter. Fast hatte sie Mitleid mit Kerstin. Für ihre Klassenkameradin von einst hatte sich seither nur wenig verändert, die Vergangenheit war so aktuell wie das Heute, und aus diesem Grund musste sie immer wieder nachschmecken, nichts hörte richtig auf, kam je zu einem Abschluss.

Ein Jogger kam ihnen entgegen, und Hanna spürte Kerstins Puff in die Seite. Er war noch ein gutes Stück von ihnen entfernt, so dass Hanna wohl hoffen durfte, dass er Kerstins Geste nicht unbedingt auf sich beziehen musste.

„Esther hat mir erzählt, dass der Sektempfang deine Idee war", begann sie, um Kerstins Aufmerksamkeit rasch von dem

Jogger abzulenken. Der Läufer war jetzt auf zwanzig Schritte heran, und Hanna erkannte ihn jetzt als denselben wieder, der ihr am Geburtstagsmorgen ein Lächeln geschenkt hatte. In Kerstins Augen blitzte bereits die mutwillige Bereitschaft zu einer neuerlichen Unbesonnenheit auf, einem erneuten Knuff oder einem anzüglichen Pfiff durch die Zähne womöglich.

„Und mit Ibo und dir?" Kerstin verlangsamte den Schritt, ihre Gesichtszüge verengten sich, ihr Mund wurde bitter, und sie blieb stehen. Augenblicke später trabte der Jogger schwer atmend an ihnen vorüber.

Hanna folgte Kerstins Blick über den Kanal, dorthin, wo sich die hoch aufragenden Eisenbögen der Brücke elegant zur Altstadt hinüberschwangen und sich malerisch im Wasser spiegelten.

„Mit Ibo ist es aus", sagte sie tonlos und hielt den Blick starr zur Stadt hingewandt.

Kerstins unbewegter Blick und ihre gestreckte Haltung muteten soldatisch an. Als sie weitergingen machte Kerstin ordentlich Tempo, und Hanna hatte Mühe, mit ihr schrittzuhalten. Sie waren bald auf der Brücke angelangt, als Kerstin erneut haltmachte, um sich mit einem Taschentuch, das sie etwas umständlich aus der Jackentasche hervorkramte, die Augen und Wangen zu trocknen.

„Tut mir leid", hörte Hanna sich sagen und kam sich ziemlich verlogen dabei vor.

Kerstin wischte Hannas Worte mit einer Handbewegung eilig beiseite. Um sie auf andere Gedanken zu bringen, und sie vielleicht sogar ein bisschen aufzumuntern, begann Hanna von ihrem Brief zu erzählen. Nach wenigen Sätzen kam auch schon der erwartete Protest.

„Ich dachte, du hast gar keinen Vater."

Hanna nickte nachdenklich.

„Ach, und jetzt hast du plötzlich einen!"

Es war Kerstins kruder Sarkasmus, der Hanna kitzelte und zum Lachen reizte. Kerstins Ungläubigkeit, ob echt oder nur gespielt, führte ihr deutlich vor Augen, wie gewiss sie sich selbst inzwischen war. Kerstins übertrieben zur Schau gestelltes Misstrauen erwies sich als erfreulich wirksames Mittel gegen alle Unsicherheiten, Hannas Vater betreffend.

Sie hatten inzwischen das Ende der Brücke erreicht und nahmen die Abkürzung, die steile Böschung hinab. Das Gras war feucht, und der Boden darunter war weich und glitschig. Kerstin erreichte als erste wieder sicheren Grund unter den Füßen.

„Und wo wohnt er? Oder weißt du das vielleicht auch nicht so genau?"

„Australien!", entfuhr es Hanna, als sie ins Rutschen geriet und mit dem Gesäß im Gras landete.

Kerstin hatte bei dem Wort Australien auch gleich wieder die Stirn gekräuselt. Hanna musste unbedingt vermeiden, erneut in Kerstins ungläubiges Gesicht zu blicken, um nicht lauthals loszuprusten.

8. Kapitel

Hanna nahm den dampfenden Becher mit Tee und trank einige Schlucke. Suchend ließ sie den Blick durch den kleinen schmucklosen Büroraum schweifen, in dem es nichts gab, was zur Zerstreuung hätte herhalten können, und so fand ihr nach Abwechslung suchendes Auge nur wieder ihre Chefin. Esther hatte sich am Bürotisch vor dem Fenster eingerichtet. Vor ihr stand ein Holzkasten, bis an den Rand gefüllt mit dem von ihr zutiefst gehassten Papierkram, der sie zu dieser leeren und ungeselligen Tätigkeit nötigte und ihre, wie sie zu sagen pflegte, kostbare Lebenszeit raubte. Zu Esthers Füßen, auf dem ausgeblichenen Flickenteppich verteilt, standen drei offene Kartons. So hatte Hanna Esther am frühen Morgen vorgefunden, den krausen Schopf über den Schreibtisch gebeugt, der Rumpf regungslos, die Hände links und rechts von einem bedruckten Papierbogen abgelegt. Hanna hatte nur zu flüstern gewagt, aber kaum, dass Esther sie bemerkt hatte, war sie im Stuhl herumgeschossen und hatte Hanna fröhlich begrüßt, ganz so, wie es ihre Art war. Seit einer halben Stunde kauerte Esther bereits wieder am Schreibtisch, in eben jener gekrümmten, bußfertigen Haltung.

Nur hin und wieder war ein leises Rascheln zu vernehmen und auch ein wenig Bewegung vorhanden, wenn Esther ein neues Blatt aus der Ablage nahm, es vor sich hinlegte und sorgfältig glättete, es mehrmals mit den Augen überflog, hier ein Kürzel hinzufügte, dort eilig ein Datum hinkritzelte, stumm ein

Häkchen hinter eine Zeile malte und manchmal eine kurze flüsternde Zwiesprache hielt. Das abschließende Urteil darüber, wo ein Blatt seinen zukünftigen Platz einzunehmen hatte, wurde begleitet von einer nickender Bestätigung, wiegendem Abwägen oder einem kurzen entschiedenen Rucken des Kopfes. Danach segelte das Blatt in einen der drei Schuhkartons, die zu Esthers Füßen standen.

Hanna blickte zur Wanduhr, deren Zeiger sich heute Morgen einfach nicht von der Stelle bewegen wollten. Sie nahm den letzten Schluck aus ihrem Becher, auf dessen Boden ein Rest Kandiszucker schimmerte. Schließlich gab sie sich selbst einen Ruck und stand auf. Beim Hinausgehen flüsterte sie Esther ihre Absicht zu, den Laden zu öffnen. Sie angelte den Schlüssel vom Haken hinter der Tür, verließ das Büro, passierte den Kassentisch mit einem sportlichen Hüftschwung und nahm die Zielgerade mit einigen wenigen Wechselhüpfern und punktgenauer Landung vor der Eingangstür. Sie ließ die beiden Metallriegel zur Seite schnappen, drückte die Tür einen Spalt weit auf, und mit hellem Klingeln meldete sich die Türglocke dienstbereit. Einmal noch kehrte Hanna ins Büro zurück, vertraute den Schlüssel wieder seinem Haken an, teilte Esther leise mit, dass sie in das Buchlager gehen wolle und ließ es sich mit einem kaum merklichen Nicken quittieren. Kundschaft war zu so früher Stunde nicht zu erwarten; vor zehn, halb elf verirrte sich nur selten jemand in die kleine Altstadtbuchhandlung.

Im Treppenhaus öffnete sie die niedrige Tür, hinter der eine steile Holztreppe zum Keller hinabführte. Sie drehte das Licht an und gab auf den ausgetretenen Stiegen acht, nicht auszugleiten und auch nicht die gekalkten Wände zu berühren. Im Keller musste man höllisch aufpassen, sich vor Splittern und rostigen Nägeln vorsehen, die allenthalben aus den Holzverschlägen herausstaken.

Unter der niedrigen Kellerdecke türmten sich die Neuzugänge. Hanna las das Etikett auf dem oberen Karton. Es war der Klassensatz für einen Deutschkurs des Goethegymnasiums. Fünfundzwanzig mal Effi Briest. Hanna stemmte das schwere Paket und platzierte es auf einem Hocker. Als sie es öffnete, entströmte ihm der Geruch von frischer Druckfarbe.

Die Bücher, die zu Hause auf dem Nachttisch und im Regal darauf warteten, endlich von ihr gelesen zu werden, würden sich noch etwas gedulden müssen; seit sie den Brief vom Vater hatte, gingen ihr seine Worte immerwährend im Kopf herum, ein kleines Knäuel, ein Gestrüpp von Worten und Gedanken, in denen sie sich immer wieder verheddterte. Etwas anderes zu lesen kam jedenfalls erst einmal nicht in Frage. Sie war für jede Abwechslung dankbar, jede Gelegenheit, ihre Gedanken auf etwas anderes zu lenken, war ihr willkommen, um so erfreuter war sie nachher, wenn sie sich wieder auf ihren Brief besann. Ein leiser Zweifel, ein rätselhafter Rest von Ungewissheit blieb dennoch, der auch gleich nach ihrer letzten Begegnung mit Kerstin wieder aufgekeimt war. Hanna fühlte, dass noch etwas fehlte, ein letzter entscheidender Hinweis. Wo zum Beispiel waren die anderen Briefe? Was hatte die Mutter mit ihnen gemacht? Hatte sie sie wirklich achtlos weggeworfen oder doch irgendwo verwahrt? Und selbst für den Fall, dass die Mutter die Briefe tatsächlich noch irgendwo aufbewahrte, würde sie diese nicht so einfach herausrücken, erst recht nicht, wenn Hanna täte, was Kerstin vorgeschlagen hatte, die Mutter *mit dem jüngsten Brief einfach mal zu konfrontieren*. Natürlich wusste Kerstin zu wenig über Hannas Mutter, um sich auch nur ansatzweise auszumalen, womit Hanna es dann zu tun bekäme. Ihr letzter Anlauf hatte ja schon wieder zu nichts geführt. *Konfrontieren, ja …*

„Hanna! Bist du da unten?", hörte sie Esthers Stimme im Treppenhaus. Sie öffnete die Augen und blinzelte ins helle Licht der nackten Glühbirne.

„Hanna?"

Esthers Stimme füllte jetzt den kleinen Kellerraum.

„Was machst du denn hier unten bloß so lange?"

In der Schattenfuge der offenen Kellertür zeichnete sich Esthers rundliche Silhouette ab.

„Schläfst du …?"

Esther trat unter das Licht und blickte zu Hanna herab, die auf einer Bücherkiste saß und sich die Augen rieb.

„Effi Briest", murmelte Esther verzückt vor sich hin, „mein Gott, wie alt war ich denn da?"

Frische Luft, dachte Hanna. Sie hatte plötzlich das Gefühl, sie müsste ersticken, wenn sie noch eine Minute länger hier unten bliebe. Eilig schlüpfte sie an Esther vorbei und hastete die Stufen hinauf, den Hausflur entlang und hinaus auf die Straße. Draußen empfing sie kühle Luft, und ein feiner Nieselregen benetzte ihre Wangen. Auf dem feuchten Kopfsteinpflaster spiegelten sich verschwommen die roten Giebel der Altstadthäuser. Esther tauchte in der Eingangstür zur Buchhandlung auf.

„Komm wieder rein, du wirst ja ganz nass." Drinnen klopfte Esther Hanna behutsam den Kalk von der Bluse.

„Mit der Büroarbeit mach ich für heute Schluss", sagte Esther entschlossen, „ich koche uns jetzt erst mal eine schöne Tasse Kaffee. Was meinst du …?"

Sie ließ sich von Esther in die kleine Sitzecke dirigieren und versank in einem der beiden geräumigen Korbsessel. Als Esther die Tassen auf dem Messingtischchen absetzte, klirrte es leise.

„Hör mal", sagte Esther amüsiert und trommelte mit ihren pinkfarbenen Fingernägeln einen Wirbel auf der Glasplatte.

„Es fehlt ein Stückchen Glas. Abgeplatzt! Vielleicht als ich ihn aus dem Sperrmüll gezogen habe. Wer weiß, wo dieses kleine Tischchen wohl schon überall einmal gestanden hat?"

Lachend ließ Esther die Glasplatte ein weiteres Mal klirren.

9. Kapitel

Hanna schob sachte die Tür zum Schlafzimmer auf. Das Bett war gemacht, und die seidig schimmernde Tagesdecke lag akkurat und faltenfrei darübergebreitet. Sie war also allein. Die plötzliche Gewissheit, allein in der Wohnung der Mutter zu sein, ließ sie innehalten. Damit hatte sie am allerwenigsten gerechnet; so viele Stunden hatte sie darüber gebrütet, wie sie der Mutter ihre Forderung unterbreiten sollte. Sie hatte auf einen geschickten Schachzug gesonnen, eine Möglichkeit, die Mutter zu beschwichtigen, ohne ihren Anspruch auf die Briefe aufgeben zu müssen, aber es war ihr nichts eingefallen, nichts zur Besänftigung, nichts, womit sie die Mutter vielleicht hätte überreden, geschweige denn überzeugen können; und so hatte sie schließlich einen zermürbenden Samstagabend und einen endlosen Sonntagvormittag damit zugebracht, sich nur immer wieder die scheußlichsten Auseinandersetzungen auszumalen, für den Augenblick, wenn sie ihr den Brief präsentierte und noch dazu auf die Herausgabe der anderen Briefe pochte.

Sie zog den Brief aus der Jackentasche und drehte ihn ratlos hin und her. Vielleicht sollte sie einfach ihre Schuhe wieder anziehen und gehen, schnell, bevor die Mutter wieder zurückkehrte. Ebenso gut könnte sie es aber auch als einen Wink des Schicksals verstehen, als freundliche Einladung, sich ungestört ein wenig in der Wohnung umzusehen. Es ist nichts Schlechtes daran, es ist nichts dabei, versuchte sie sich einzureden, während sie den Flur entlang schlich, aber die Beklommenheit blieb und verfolgte sie bei jedem Schritt.

Sie hatte nicht viel Zeit, vielleicht eine halbe Stunde, vielleicht weniger. Wenn die Mutter zurückkehrte, musste alles jungfräulich unberührt aussehen. Sie durfte auf gar keinen Fall Spuren hinterlassen. Die Mutter war äußerst pingelig, was ihre Sachen anbetraf. Die kleinste Veränderung und Hanna flöge auf. Der Gedanke machte sie nervös. Vielleicht überschätzte sie die Mutter ja auch, aber sie traute ihr zu, sich die genaue Lage irgendeines beliebigen Gegenstandes, eines Zettels, eines Kugelschreibers oder einer Streichholzschachtel so genau einzuprägen, dass die geringste Veränderung sie alarmieren konnte und einen Sturm heraufbeschwor. Die unzähligen Zänkereien mit der Mutter waren ihr noch in lebhafter Erinnerung, die Streitereien, bei denen es um nichts anderes gegangen war, als um den Verdacht, dass sie einen Notizzettel, ein Buch oder eine Zeitschrift der Mutter genommen hätte; ja, es stimmte wohl – sie lebte bis heute in beständiger Furcht, von Hanna beklaut zu werden.

Sie ging ins Wohnzimmer. Der Schlüssel im Vitrinenschrank fehlte. *Na toll!* Sie fuhr mit der Hand über den oberen Rand der Vitrine. Nichts! Warum war sie überhaupt abgeschlossen? Sie rechnete anscheinend tatsächlich damit, dass jemand herkäme, um in ihren Sachen zu wühlen! Wer denn wohl? Sie zog einen Stuhl vor die Vitrine und stieg hinauf. Da war der Schlüssel! Mit einem Stück Klebeband hinter der Zierleiste befestigt. Es blieb Hanna nicht viel Zeit, sich erst lange darüber zu wundern.

Die Gläser auf den oberen Regalbrettern klirrten leise, als sie den Schlüssel im Schloss herumdrehte. In den oberen Regalen verbarg sich nichts. Wirklich in Frage kamen nur die beiden unteren Fächer, dort, wo lauter Krimskrams, Kartons und Kästchen, Umschläge und Mappen vor sich hin staubten. Sie war schon auf den Knien, als sie ein Geräusch an der Eingangstür zu hören meinte. Eilig sprang sie auf. Die Mutter konnte jeden Augenblick eintreten.

Im Flur blieb es still. Hanna spähte zur Haustür. Sie hatte sich wohl verhört und wollte sich eben wieder umdrehen, als das Holz der Türzarge plötzlich barst. Sie sah, wie sich die gespaltene Zungenspitze einer Brechstange den Weg in den Flur bahnte und zwischen Tür und Rahmen einen bizarren Tanz aufführte. Welche Kraft auch immer sie in Bewegung versetzte, sie musste gewaltig sein. Dann war es für einen Moment lang wieder still. Die scharlachrote Stange hielt ganz plötzlich in ihrem wilden Tanz inne, als wollte sie Atem holen. Wieder zu Kräften gekommen, züngelte sie in großen kreisenden Bewegungen durch die Luft, bevor die Tür schließlich mit einem erstickten Schrei nachgab und aufsprang.

Ihr Herz hämmerte wie ein Presslufthammer, und sie befürchtete, es müsse gleich ihren Brustkorb sprengen und hinter ihren Schläfen pulsierte das Blut laut wie Düsenjets; die Einbrecher würden sicherlich gleich das Schlafzimmer stürmen. Sie war fest davon überzeugt, dass ihre hastigen Atemzüge durch alle Zimmerwände hindurch zu hören waren, und sie versuchte, flacher zu atmen. Im nächsten Augenblick meinte sie ersticken zu müssen, wenn sie nicht gleich wieder tiefer und schneller nach Luft schnappte.

Trotz dröhnender Düsentriebwerke in ihren Ohren vernahm sie deutlich wie nebenan die Badezimmerschränke durchwühlt wurden und das helle Klirren von splitterndem Glas. Sie meinte aber auch noch andere Geräusche zu hören, dunklere, von weiter her, Bücher, die zu Boden fielen und das Rücken von Möbeln. Ihr fiel der Vitrinenschrank ein, und wie sie ihn zurückgelassen hatte, mit aufgeschlagenen Türen.

Erneut klirrte und rasselte es nebenan. Diesmal schien es der volle Schubladeninhalt zu sein, der in das Keramikwaschbecken entleert wurde, um dort noch einmal gründlich durchmischt zu werden.

Ihr Herz schlug immer noch hart, aber nun schon deutlich langsamer, und das Triebwerkgetöse war einem gleichmäßigen Rauschen gewichen, das verdächtig nach dem Heizungsrohr nahe ihrem linken Ohr klang. Die Dunkelheit hüllte sie vollständig ein, während das Rumoren um sie herum unvermindert weiterging. Anfangs meinte sie noch, dass es ihrer Einbildung entsprang, aber je mehr sie sich darauf besann, desto überzeugter war sie: Es spielte jemand auf einer Geige. Hier unten, in ihrer schwarzen Höhle, war es unmöglich zu sagen, woher die Musik kam. Es war eine kleine, unschuldige Melodie. Wenn es ihr nur gelänge, sich allein auf den Klang der Geige zu konzentrieren und alles andere ringsumher zu vergessen …

Die Tür zum Schlafzimmer wurde aufgestoßen und schlug hart gegen den Wäscheschrank. Unter dem dunkelgrünen Velours knarrten die Dielenbretter. Hanna hielt den Atem an.

„Scheiße, verdammte!"

Die dunkle, etwas heisere Männerstimme klang erschreckend nah. Hanna krallte die Fingernägel fest in die Handballen und biss die Zähne aufeinander. Für Augenblicke war es völlig still im Zimmer. Dann wurden Kartons zu Boden geworfen. Sie konnte sie zwar nicht sehen, aber dem unentwegten Gepolter nach zu urteilen mussten es viele sein, sehr viele. Der Mann stapfte zwischen alldem, was sich unter seinen Füßen ausbreitete, umher. Papier raschelte. Unter dem Bett breitete sich ein strenger Geruch aus, der ihr vertraut erschien, der aber nicht hierhergehörte. Lösungsmittel oder Kunststoff. Gummi vielleicht. Hanna nahm einen süßlichen Geschmack auf der Zungenspitze wahr. Sie fand keine Erklärung dafür. Und wo war das alles hergekommen? Das konnte doch unmöglich alles aus dem Kleiderschrank der Mutter stammen. Weder die Gerüche noch die Geräusche gehörten in dieses Zimmer.

Mit einem Mal wurde die Matratze über ihr emporgerissen. Von der schwarzen Gestalt, die über ihr schwebte, trennte sie nur noch der Lattenrost. Sie sah eine Hand, und der Hals schnürte sich ihr zusammen.

Ehe sie verstand, was eigentlich geschah, griff die Hand nach ihr aus. Im nächsten Augenblick sauste die Matratze wieder herab und begrub sie erneut in ihrer schwarzen Gruft. Ein Band zerriss mit einem Knall, Papier flatterte zu Boden, ein letztes leises Fluchen und dumpfe, sich entfernende Schritte.

Die Minuten verstrichen. Die Geräusche in der Wohnung waren schon eine Weile erstorben. Ihre Lungen füllten und leerten sich in regelmäßigem Rhythmus. Sie blieb, verharrte in ihrer dunklen Behausung. Rhythmisch hob und senkte sich ihr Brustkorb. Ihre Gedanken kreisten unentwegt um die Wohnung, liefen durch den verwüsteten Flur, sprangen von Zimmer zu Zimmer und wieder zurück zum Scherbenhaufen im Bad. Sooft sie die Runde abschloss, holten sie die Bilder von der berstenden Türzarge und der wild kreisenden Brechstange wieder ein.

Und was hatte der Einbrecher im Schlafzimmerschrank vorgefunden, das ihn so sehr verärgert hatte? Was türmte sich auf, neben ihr, in dem schmalen Korridor zwischen Schrank und Bett? Immer noch zwang sie sich, liegen zu bleiben. Der Gedanke, plötzlich doch noch entdeckt zu werden, schickte ihr eisige Schauer über den Rücken.

Nach einer Ewigkeit des Wartens und Horchens schob sie leise und behutsam den Kopf unter dem Bett hervor und blinzelte ins Licht. Zwischen Bett und Kleiderschrank türmte sich ein Berg von Kartons, zerknittertem Papier und Schuhen auf: Sandaletten, Pumps, Stiefel.

Noch einmal hielt sie den Atem an, lauschte in die Wohnung, überwand sich schließlich und robbte rücklings, Zentimeter für Zentimeter, ganz unter dem Bett hervor. Auf der Matratze sitzend starrte sie auf das Durcheinander. Es mussten an die hundert Paar Schuhe sein, neu, mit Preisschild, original verpackt. Ebendieser Anblick war es denn wohl auch gewesen, den der Einbrecher so verärgert hatte. Sein heiseres Fluchen klang noch einmal in Hannas Ohren nach. Wie waren bloß all diese Schuhe hierhergekommen? Die Mutter hatte ein halbes Leben bei Schuh-Kayser gearbeitet, bis vor zwei Jahren, bis zur Insolvenz. War das die Erklärung?

Über dem Haufen Schuhe schwebte eine Dunstglocke, ein Gemisch aus Gummi, Leder und Imprägnierung, und sie verspürte Übelkeit in sich aufsteigen. Über den Schuhen verstreut: Briefe! Sie griff nach einem Umschlag, der sich zwischen einem Paar türkisfarbener Mokassins zu verbergen versuchte.

Es war seine Handschrift, die eckige Handschrift des Vaters, und der Brief war an Hanna adressiert. Nach und nach streckte sie die klammen Finger nach den übrigen Umschlägen aus und zog einen nach dem anderen aus dem Durcheinander. Zwischendurch hielt sie immer wieder inne und lauschte. Als sie sicher war, alle Briefe geborgen zu haben, schob sie die Umschläge übereinander, bog das Päckchen in der Mitte um und schob es in die Manteltasche.

Entlang des Flures lagen, bunt verstreut und ineinander verknotet, Jacken, Mäntel, Mützen der Mutter. Der entblößte Kleiderständer stand lässig gegen die Wand gelehnt, nur ein helmförmiger Hut aus blauem Filz hielt sich noch tapfer an einem seiner Messinghaken.

Die Tür zum Bad stand offen. Die Verwandlung des kleinen Raumes war vollkommen. Hanna wendete sich ab und wieder hin, während der letzte Funke an Widerstandskraft in ihr verglomm. Das Seufzen einer Bodendiele schreckte sie auf. Sie rannte los.

Atemlos lief sie durch die Straßen; flog mehr, als dass sie lief. Auf Höhe des Kiosks schwanden ihr vollends die Sinne. Sie taumelte noch wenige Schritte, Stimmen hinter ihr, Rufen, Dunkelheit. Als sie ins Licht blinzelte, sah sie in den grenzenlosen Himmel, hauchdünne Wolkengespinste schwebten darüber hin. Wie von weit hörte sie Geräusche und Stimmen. Dann, plötzlich, wie wenn eine Tür aufgestoßen würde, drangen alle Töne und Geräusche laut und schmerzhaft an ihr Ohr. Eilig schloss sie die Augen, um zumindest die schwindelerregende Höhe auszusperren. Die Stimmen über ihr klangen sehr nah, aber der Sinn der Worte blieb ihr verschlossen.

„Ich glaube, sie kommt wieder zu sich", vernahm sie eine Stimme über sich.

Als sie die Augen erneut öffnete, blickte sie in das Gesicht eines Mannes mit Vollbart und hoher faltiger Stirn. Ein jüngerer Mann hob behutsam ihren Kopf und schob etwas Weiches darunter. Er verschwand kurz und kehrte Augenblicke später mit einem Glas Wasser zurück. Sie nahm einige winzige Schlucke, und die beiden Männer halfen ihr auf die Beine. In diesem Augenblick bemerkte sie, dass sie keine Schuhe trug. Sie fand keine Erklärung dafür. Scheu sah sie den alten Mann an. Sein Gesicht war tausendmal gefaltet und sonnengegerbt. Aus seinen dunklen Augen sprach Besorgnis. Der jüngere Mann war verschwunden.

Mit bleischweren Gliedern und brennenden Knöcheln quälte sie sich bis zum Hauseingang, schwankend, wie ein Schiff in hoher Dünung, schleppte sie sich die Stufen hinauf und schaffte es gerade noch auf ihr Bett. Sie erwachte einige Male in der Vorstellung, das Telefon klingeln zu hören, doch schlief sie darüber immer wieder ein. Sie hatte Durst und musste dringend zur Toilette. Das rote Display ihres Weckers griente ihr *3:33* entgegen und sie tastete nach dem Lichtschalter der Nachttischleuchte. Im Flur blinkte der Anrufbeantworter; vier Anrufe in Abwesenheit.

Sie löste die beiden Knöpfe des Mantels und ließ ihn zu Boden gleiten. Gierig trank sie ein Glas kalte Milch. Als sie zurück unter die Bettdecke schlüpfte, meinte sie, von fern das Spiel einer Geige zu hören.

10. Kapitel

Die Fußgängerbrücke war im dichten Nebel kaum mehr auszumachen. Das helle Scheppern der Blechdose, die die Schulkinder vor sich her schmetterten, schmerzte Hanna in den Ohren. Ein Mann und eine Frau, in ihre Unterhaltung vertieft, kamen ihr entgegen; gespenstisch schälten sich ihrer beider Silhouetten aus den Nebelschwaden heraus. Hanna vermied es, hinzusehen, hörte nur auf ihre Stimmen, die sich auch schon wieder im undurchdringlichen Dunst verloren.

Das Licht rieselte matt auf den Gehsteig hinaus. Esther war also schon da. Hanna atmete erleichtert auf. Mit letzter Kraft schob sie die Tür zur Buchhandlung auf. Als Esther sie erblickte, kam sie auf sie zugeschossen, eben noch rechtzeitig, ehe Hanna die Beine den Dienst versagten. Mit Esthers Hilfe schaffte sie es bis zur Sitzecke im Büro.

Ein Sonnenstrahl weckte Hanna; im Nachmittagslicht, das durch das Panoramafenster fiel, glitzerte golden ein Universum von Staub. Wo war sie? Für einen Augenblick war sie verwirrt, doch dann fiel es ihr ein. Sie war bei Esther. Hanna lauschte. Kein Vogelgezwitscher, kein Automotor. Und auch keine Stimmen. Nur das metallische Klicken der Wanduhr war zu hören. Sie war allein.

Vorsichtig hob sie den Kopf vom Sofakissen und blickte sich um. Es war eine bunte Mischung aus antiken Möbeln: Stühle mit geschwungenen Beinen, Kommoden und Schränkchen, dazwischen gab es auch modernes Mobiliar, wie die Couch, auf der sie saß, und auf der sie am Abend zuvor eingeschlafen war. Sie blickte zur Wanduhr. Es war fast zwei Uhr Nachmittag. Im Regal erkannte sie die Lampe, von der ihre Mutter immer mal wieder sprach, ein pilzförmiges Gebilde aus verchromtem Blech mit milchigem Glasschirm.

Die überschwängliche Begeisterung ihrer Mutter für die Lampe diente immer wieder nur dem einen Zweck, Hanna zu verstehen zu geben, was sie von ihr erwartete. Zur Verdeutlichung ihres Wunsches gehörte es auch, sich von Hanna regelmäßig bestätigen zu lassen, wie *gelungen* die Lampe doch sei. Hanna hatte bislang allerdings keine rechte Lust gehabt, irgendetwas zu bestätigen oder zuzugeben, allein schon deshalb, weil sie das Spiel der Mutter von Beginn an durchschaut hatte. Ob die Mutter die Lampe nun ausdrücklich einforderte oder nur dauerhaft von ihr schwärmte, es machte kaum einen Unterschied, denn es wäre gar kein Geschenk mehr, nur Pflichterfüllung.

Und es war ja immer so gewesen, zwischen ihnen beiden. Forderungen, Pflichten; wer keine Forderungen stellte, war schnell im Nachteil. Alle Versuche Hannas, sich aus dem Geflecht von Erwartungen, egal ob direkt ausgesprochen oder auch nur angedeutet, zu befreien, waren noch jedes Mal an der Beharrlichkeit der Mutter gescheitert. Und so würde es dann wohl auch mit der Lampe gehen. Nur eine Frage der Zeit.

Als sie Esthers Stimme im Flur erkannte, sprang sie auf und stürzte ihr entgegen. Esther kam mit zwei prall gefüllten Einkaufstaschen in die Küche gewankt.

„So! Jetzt koch ich uns erst mal was Schönes. Du wirst Hunger haben."

„Ich komme um vor Hunger!"

„Nimm doch mal bitte die Flasche Sekt aus dem Kühlschrank."

Esther packte Gemüse und zwei große Stücke tiefroten Fisch auf den Küchentisch. Dann langte sie nach einem dicken italienischen Kochbuch, das sie zielsicher aufschlug. Sie stemmte die Hände in die Hüften und gab bekannt: „Cavatelli mit Thunfisch und Büffelmozzarella!"

„Soll ich mithelfen?"

„Du musst!"

Esther vertiefte sich wieder in das Kochrezept, und Hanna blickte ihr dabei über die Schulter. Esther wies auf ein Foto, das Hanna nicht recht behagte.

„Sieht lecker aus", überwand sich Hanna, ohne dem Bild weitere Aufmerksamkeit zu zollen.

„Ist es auch! Bekommt man hier auch noch mal was zu trinken, irgendwann?"

„Ich krieg den Korken nicht raus."

Esther nahm die Flasche an sich und holte mit einer energischen Drehung den Korken aus dem Flaschenhals.

„Gläser!"

Hanna sah sich suchend um.

„Da oben!"

„Ich kenne mich ja hier nicht aus."

„Wir sind gerade dabei, das zu ändern."

Während sie gelehrig Esthers Anweisungen befolgte, fragte sich Hanna, wie es sein konnte, dass zwei Frauen, noch dazu im gleichen Alter, so unterschiedlich waren, wie Esther und Hannas Mutter. Esther war alles, was die Mutter nicht war, fröhlich und positiv und warmherzig und … *mütterlich*. Ja, das war es: mütterlich! Warum konnte Esther denn nicht ihre Mutter sein …?

Es dämmerte bereits, als Hanna mit dem dampfenden Fladenbrot das Wohnzimmer betrat und am Esstisch Patz nahm.

Esther balancierte zwei große Teller und eine Salatschüssel herein und setzte sich Hanna gegenüber an den Esstisch.

„Als ich hörte, dass jemand kommt, da wollte ich mich erst
hinter der Couch verstecken."

„Was?"

„Doch! Ich glaub, ich werde paranoid … "

„Ach, was. Das ist doch irgendwie ganz normal, bei dem,
was du gerade alles erlebt hast."

Esther schob ihr die Schüssel mit Salat hin.

„Wenn du mich fragst, ich glaube, dass es deiner Mutter und
dir ganz guttäte, wenn ihr euch mal eine Weile nicht sehen wür-
det."

„Das wünsche ich mir schon seit ich drei bin!"

Esther musste sich das Lachen verkneifen, wurde ganz rot im
Gesicht und hätte sich beinahe am Brot verschluckt. Die Thunfischwürfel, die Esther großzügig auf Hannas Salat verteilte,
waren durchgebraten und hatten, gottseidank, nicht den blutro-
ten Kern, wie auf dem Bild im Kochbuch.

Vielleicht hatte Esther recht und es war jetzt der richtige Zeitpunkt, auf Abstand zu gehen. Die Mutter würde natürlich keine
Ruhe geben, gerade jetzt nicht, nach dem Einbruch. Hanna sah
die Wohnung vor sich, das Durcheinander im Flur, die Scherben
im Badezimmer, die zersplitterte Türzarge. Es würde Tage, vielleicht Wochen dauern, bis alles wieder in Ordnung war. Die Einbrecher hatten überall Spuren hinterlassen, nicht nur solche, die
man sehen konnte, wo ihre Hände ein Werk der Zerstörung hinterlassen hatten, sondern unsichtbare Spuren, die noch viel
schrecklicher waren, weil ihre Hände überall gewesen waren, in
jedem Zimmer, in jedem Winkel der Wohnung. Die Mutter
würde jedes Möbelstück abbürsten und reinigen, jedes Klei-
dungsstück waschen, jede Fensterfuge auswischen.

Als Hanna ihr Glas nahm, sah Esther sie von unten über den
Rand ihrer Brille an, und als hätte sie Hannas Gedanken erraten,

sagte sie: „Deine Mutter wird sich schon zu helfen wissen, Hanna, da bin ich ganz sicher."

Aufmunternd nickte sie Hanna zu, lud sich zwei Thunfischwürfel auf die Gabel, schob sie in den Mund und spülte sie mit einem ordentlichen Schluck Rotwein herunter.

„Schade. Der Thunfisch ist mir nicht so gut gelungen, einen Tick zu lang gebraten. Was meinst du?"

„Mir schmeckt er so gut. Du kannst sehr gut kochen."

„Willst du dich denn jetzt mal melden, bei deinem Vater, meine ich?"

„Erst mal hab ich ja jetzt die Briefe."

„Was denn für Briefe?"

„Die anderen, die von früher. Sie lagen unter dem Bett … der Einbrecher hat sie gefunden, er … ", sie stockte und wischte sich eine Träne aus dem Auge, „sie lagen überall verteilt, zwischen den Schuhen … "

„Mensch, Hanna!"

Esther schenkte ihr den Rest aus der Rotweinflasche ein. Dann ging sie in den Keller, und Hanna hörte sie eine Weile poltern. Aus irgendeinem Grund musste Hanna an den Mann denken, der sie vor dem Kiosk gestützt hatte, sein sonnengegerbtes Gesicht mit den ernst und zugleich mild blickenden Augen.

„Voilà!", rief Esther.

Sie kam auf sie zu und schwenkte dabei triumphierend eine weitere Flasche Rotwein über dem Kopf.

Die folgenden Tage und Nächte verbrachte Hanna auf Esthers Couch. Die langen Stunden des Tages flossen träge dahin, und Hanna glaubte sich manchmal auf einer einsamen Insel; hier kauerte sie, die Beine angezogen, das Kinn auf die Knie gestützt und in eine Wolldecke gehüllt. Die Minuten und Stunden vom einsilbigen Ticken der Wanduhr zerkaut.

Hanna erwachte erst, wenn die Haustür hinter Esther ins Schloss fiel. Sie aß artig, wenn auch ohne rechten Appetit, was Esther liebevoll auf einem großen, mit Blüten bemalten Teller, für sie angerichtet hatte. Aber die Couch, ihre kleine Insel, war nicht immer ein sicherer Ort, denn auch hier konnte es geschehen, dass dunkle Wolken aufzogen, das Meer um sie herum zu toben begann und sie hinabgezogen wurde in einen mächtigen Strudel finsterer und bedrohlicher Erinnerungen; die Schreckensbilder des Einbruchs ließen sich nicht dauerhaft bannen; sie kamen und gingen, wie es ihnen gefiel, und je mehr sie sich dagegen sträubte, desto zudringlicher wurden sie.

Erst am Abend, wenn Esther aus der Buchhandlung zurückkehrte, fühlte sie sich wieder geborgen, und die Stürme, die in ihr gewütet hatten, legten sich, ihr Schiff lag für eine Weile sicher am Kai vertäut. Für diesen raschen Wetterumschlag brauchte es kaum mehr als Esthers Schritte vor dem Haus und das Geräusch des sich drehenden Schlüssels im Schloss.

Hannas Erleichterung darüber, dass sie nicht mehr allein war, war so groß, dass sie es jedes Mal vergaß, Esther von ihren Seelennöten zu berichten, davon, wie sehr sie litt, wenn sie allein war. Hanna vergaß es, weil nur der Augenblick zählte, nur, dass Esther wieder da war, und dass sich alles wieder geborgen und weich anfühlte. Hätte sie Esther auch nur andeutungsweise etwas erzählt, etwas ahnen lassen, von den Qualen, die sie tagsüber litt, hätte Esther sie bestimmt nicht gehen lassen und Hanna noch länger unter ihren Fittichen gehegt und gewärmt.

So aber kehrte sie bereits nach wenigen Tagen in ihre eigene Wohnung zurück. Die Arbeit tagsüber in der Buchhandlung zerstreute sie ein wenig, aber wenn der Feierabend näher rückte, wurde sie unruhig und ängstlich. Mit Grausen dachte sie an die trostlose Stille, die sie zu Hause erwartete.

Um ihrer Einsamkeit, den endlosen Stunden düsteren und fruchtlosen Grübelns zu entfliehen, blieb sie nach der Arbeit in der Stadt, schlenderte ziellos umher und stöberte wahllos in den Auslagen der Kaufhäuser. Zurück in der Wohnung fand sie dann immer gerade noch die Kraft, die Kleider abzustreifen, bevor sie wie betäubt auf ihr Bett sank und in unruhigen Schlaf fiel.

Der Einbruch in die Wohnung der Mutter lag jetzt zwei Wochen zurück, als Hanna am Abend vor die Buchhandlung trat. Ein kalter, feuchter Wind fuhr ihr garstig ins Gesicht. Sie blickte auf den regennassen Asphalt unter ihren Füßen und verspürte das heftige Verlangen, ohne Umschweife den Weg nach Hause einzuschlagen; weil sie jedoch ahnte, dass es ein Fehler wäre, so früh schon in ihrer Wohnung zu sein, überwand sie sich und schlug den Weg in Richtung Stadtzentrum ein. Statt aber wie an den vorherigen Abenden rastlos umherzustreifen, suchte sie in einem großen Kaufhaus Zuflucht vor dem einsetzenden Regen; sie ließ sich treiben, verlor sich in Wolken orientalischer Düfte, schwebte auf Rolltreppen von Stockwerk zu Stockwerk und gab sich der strahlenden Verheißung der Warenwelt hin.

Sie war gerade auf dem Weg unter den Himmel, ein gläsernes Kuppeldach über der siebten Etage, als eine Hand sie mit einem Mal unsanft am Ärmel fasste. Es war der Ladendetektiv. Er riss sie mit sich fort, zerrte sie kalte Flure entlang und stieß sie in ein fensterloses Büro, wo er sie mit einer Tirade hässlicher Fragen überzog. Ein zweiter Mann trat einige Zeit später hinzu, stellte sich als Abteilungsleiter vor, entschuldigte sich mit dürren Worten für das Missverständnis, und noch bevor sie aufstehen konnte, streckte er ihr eine fleischige Hand hin, die auszuschlagen sie nicht mehr die Kraft aufbrachte.

Als sie schließlich wieder ins Freie trat, war die Nacht schon hereingebrochen. Es fiel ein dünner, eisiger Regen. Sie schlug den Kragen ihres Mantels hoch und machte sich auf den Heimweg, der sie durch dunkle, menschenleere Gassen führte.

11. Kapitel

Am Morgen rief ihn Brian Powell an, ein Redakteur vom Gesellschaftsteil, und bat Georg, in der Redaktion vorbeizukommen. Georg hatte noch nicht persönlich mit ihm zu tun gehabt, doch er wusste, wer er war, und was man sich bei der Zeitung so alles über ihn erzählte; er war allgemein beliebt, hatte den Ruf eines Playboys und es hieß auch, dass er gern ein bisschen die Korken knallen ließe. Georg war nervös und fragte sich, was ihn wohl erwartete.

In der Redaktion angekommen, nahm er den Fahrstuhl ins zweite Stockwerk hinauf. Als er in den Flur hinaustrat, kam ihm Franziska, die dralle Schwarzhaarige aus der Anzeigenabteilung, entgegen.

„Hi, Georg!", zwitscherte sie und zeigte ihm ihre strahlend weißen Zähne.

„Hallo. Gibt's was Neues?"

„Nein, eigentlich nicht. Abgesehen vom Meister, natürlich, und seiner neuesten Trophäe."

Georg tat so, als verstünde er nicht.

„Ach, Georg ...".

Sie zog die Augenbrauen in die Höhe und machte ihm unmissverständlich klar, dass er ihr gegenüber nicht so ahnungslos tun durfte. Es war natürlich sonnenklar, dass sie auf Powell anspielte, aber Georg verzog keine Miene und sie schien auch sogleich etwas zu wittern. Sie presste die Lippen aufeinander und kräuselte die Stirn.

„Ja, also, ich muss dann mal wieder ...", flötete sie.

Sie flitzte an ihm vorbei und war schon den halben Flur hinunter.

„Vielleicht trinken wir mal einen Kaffee ...!", rief er ihr nach. Sie hörte es, drehte sich aber nicht mehr um.

„Ja, sicher, Georg!"

Er hatte sie vergrätzt, dabei hätte er sich, bei ihrer Anspielung auf Powells Eroberung, doch nur ein ganz kleines bisschen amüsiert zu zeigen brauchen.

Powell erwartet ihn an der Tür zu seinem Büro.

„Hi", begrüßte ihn Powell betont lässig.

„Hi", gab Georg zurück.

Sie reichten sich die Hand.

„Brian Powell. Sag einfach Brian."

„Georg."

„Gehen wir einen Kaffee trinken, Georg?"

„Klar."

„Bellissimo!", lachte Brian, „Dann los, ich lade dich ein, ins Softys."

Zum Softys war es nicht weit und so gingen sie das Stückchen zu Fuß.

„Ich bin zwar gebürtiger Australier, aber aufgewachsen bin ich in der Nähe von Neapel. Du kannst dir vielleicht denken, was ich über diesen Automatenkaffee denke, Georg."

Als sie das Lokal betraten, war niemand zu sehen, bis auf die Kellnerin. Sie war damit beschäftigt, die Tische abzuwischen und ein paar Dinge hinter der Bar zu ordnen. Georg und Brian suchten sich einen Platz am Fenster.

„Magst du Rothaarige, Georg?", fragte Brian unvermittelt, mit Blick in Richtung der rothaarigen Kellnerin.

„Ich liebe Rothaarige. Sie machen mich ganz verrückt!"

Er sprach mit unterdrücktem Nachdruck, als müsse er sich gerade außerordentlich beherrschen. Auf seiner polierten Stirnglatze spiegelten sich die verchromten Deckenleuchten. Die Kellnerin kam an ihren Tisch, und Brian bestellte eine doppelten Espresso.

Die Kellnerin blinzelte Georg aus blassbraunen Augen an. Sie mochte sechzehn sein, allerhöchstens.

„Für mich dasselbe, bitte."

Sie klapperte auf ihren hohen Absätzen zur Theke zurück.

„Na, was sagst du?", fragte Brian und verfolgte sie mit hungrigem Wolfsblick.

„Ich denke, sie müsste in der Schule sein."

Brian blickte ihn entgeistert an. Sein Opernlachen dröhnte durch den menschenleeren Saal, und übertönte dabei mühelos die fauchende Espressomaschine, an der die Kellnerin herumwerkelte. Als sein Lachen verklungen war, war nur das beleidigte Zischeln der Maschine zu hören. Die Schulschwänzerin machte sich klingelnd mit den Espressotassen wieder auf die Reise.

„Also Georg, ich brauche jemanden, der wirklich zuverlässig ist."

Die Kellnerin trat an ihren Tisch.

„Überleg es dir, Georg … "

Diesmal würdigte Brian sie keines Blickes und ließ sich auch in seiner Rede nicht unterbrechen, als sie etwas ungelenk die Tassen vom Tablett jonglierte.

„… Leute mit Geld, mit Einfluss. Mal was anderes! Nicht immer nur verschwitzte Sportler, muffige Sporthallen und so und auch nicht immer dieser Hochzeits- und Beerdigungskram. Ich stell dich ein paar Leuten vor, du machst ein paar Aufnahmen, basta! Du kannst das andere ja auch weitermachen. Aber du kommst mal raus, unter Leute, interessante … "

Brian hatte sich wohl ein bisschen informiert über ihn, jedenfalls schien er zu wissen, dass Georg bei der Zeitung bislang nur für den Sportteil gearbeitet hatte. Was Brian aber nicht wusste, war, dass er bei Georg genau ins Schwarze getroffen hatte. Georg fühlte sich von Brians Angebot sehr geschmeichelt. Er malte sich aus, wie es wäre, mit Brian unterwegs zu sein; er sah sich auch schon in teuren Restaurants und edlen Bars sitzen. Für eine Sekunde stellte er sich vor, wie die Schwarzhaarige aus der Anzeigenabteilung davon erführe. Der Gedanke kitzelte ihn außerordentlich.

„Ich mach's. Ich bin Ihr Mann, Sir."

Brian lachte seinen italienisch-australischen Tenor und rief sogleich: „Sekt! Eine Flasche!"

Nachdem Brian die Gläser vollgeschenkt hatte, setzte er eine feierliche Miene auf.

„Auf gute Zusammenarbeit, Georg. Es wird sich bald einiges ändern in deinem Leben. Es wird dir sicher gefallen."

Georg hatte noch nicht gefrühstückt und erwartete mit Spannung, wie sein Magen das Experiment mit Espresso und Sekt aufnehmen würde.

12. Kapitel

Georg ließ das Rollo im Schlafzimmer hochflitzen. Die Morgensonne stach ihn schmerzhaft in die Augen. Am liebsten wäre er gleich wieder zurück unter die Decke gekrochen. Schlaftrunken stand er auf und ging ins Badezimmer. Beim Pinkeln zielte er auf das kleine hülsenförmige Stück Cellophan, das auf dem Wasser schwamm, aber es ließ sich nicht versenken. Er konnte sich nicht daran erinnern, es hineingeworfen zu haben. Fröstelnd wartete er vor der Duschkabine darauf, dass das Wasser warm wurde. Auf dem Kabinenrand lag etwas Schwarzes. Ein Haarband? Christine! Er ging zurück zur Toilette, fischte das kleine Stück Folie heraus und warf es in den Mülleimer. Verwundert über seine Entdeckung stieg er unter die Dusche, wo ihn der warme Wasserdampf umhüllte. Zum Abschied hatte sie ihn geküsst, und mit dem Gefühl ihrer weichen Lippen auf seinem Mund war er eingeschlafen.

In der Küche herrschte Chaos. Widerwillig trat er an den Küchentisch heran, auf dem sich das schmutzige Geschirr stapelte. Mit spitzen Fingern begann er, Teller, Tassen und Besteck ins Spülbecken zu stellen und heißes Wasser einzulassen. Ein flüchtiger Blick in den Kühlschrank war erschütternd, der Anblick von einer halben Zitrone, einer angefangenen Tube Tomatenmark, drei Dosen Bier und einem allerletzten Schluck Milch sprach für sich. Er schloss die Kühlschranktür und drehte sich um. Sein Blick fiel auf das Jackett, das über der Stuhllehne hing; darin mussten die Zigaretten sein, die er noch eilig gezogen hatte, bevor Christine und er am Abend gemeinsam das Blue Diamond verlassen hatten. Sie hatte ihre Telefonnummer auf die Packung geschrieben. Er spürte den leichten Schwindel der ersten Zigarette am Morgen. Wartete sie auf seinen Anruf? Besser sie liefen sich einfach so wieder über den Weg, wie am vorigen Abend. Das Telefon begann zu klingeln. Hatte sie denn seine Nummer? Nichts überstürzen, sagte er sich. Erst einmal brauchte er einen Plan. Die Zigarette zu Ende rauchen, das Chaos in der Küche beseitigen und in die Redaktion fahren. Er ließ es klingeln.

Im Foyer des Redaktionshauses kam ihm Brian entgegengestürmt und schaute demonstrativ auf die Uhr an seinem Handgelenk, einem klobigen Ding in Zuhälteroptik. Er deutet mit dem Finger auf das Zifferblatt.

„Georg, Mensch, wo bleibst du denn, wir warten schon seit einer halben Stunde auf dich. Und wieso gehst du nicht ans Telefon?"

Brian brauchte nicht laut zu sprechen, seine tiefe Stimme füllte auch so mühelos das hohe, rechteckige Foyer. Die Worte überschlugen sich im vielfachen Widerhall der Wände, und Georg hatte Mühe, etwas zu verstehen. Aber das brauchte er auch gar nicht; Georg begann sich allmählich zu erinnern. Brians angespannter Gesichtsausdruck rief zur Eile, und er wies auf die Tür zum Treppenhaus. Georg verkniff sich die Frage nach dem Fahrstuhl.

Er hatte seine Verabredung mit Brian völlig vergessen.

Auf halber Treppe blieb Brian plötzlich stehen.

„Sag mal, Georg, du hast nichts, stimmt´s? Mensch, du bringst uns in Teufelsküche!"

Brian ließ den Kopf sinken und begann, sich mit den Handknöcheln die Schläfen zu massieren. Plötzlich hob er den Kopf und ein Leuchten ging über sein Gesicht.

„Erzähl ihnen einfach, was du mir gestern Abend erzählt hast. Erzähl ihnen etwas von dem Mädchen und den anderen Leuten da im Wald, im Protestdorf, und dann schmückst du´s noch ein bisschen aus, was diese Atomkraftgegner da so treiben. Ich bin sicher, du kriegst das hin.“

Georg blieb keine Zeit großartig zu protestieren, es hätte wohl auch gar nichts genutzt. Brian nahm ihn am Arm, zog ihn mit sich die Treppenstufen hinauf und schob ihn durch die Tür des Konferenzraums.

Georg spürte sofort die Spannung im Saal, das lastende Schweigen abrupt abgebrochener Gespräche. Einige räusperten sich. Er warf einen scheuen Blick in die Runde der Redakteure. Dr. Müller, der Chefredakteur, saß an der Stirnseite, mit dem Rücken zu seinem Büro. Brian stellte Georg kurz namentlich vor, und der Chefredakteur hieß sie beide, Platz zu nehmen.

„So, bitte junger Mann, Sie sind dran.“

Nach diesen Worten schickte Dr. Müller ihm ein verschmitztes Lächeln durch den Raum.

Georg versuchte angestrengt, sich den vorherigen Abend in Erinnerung zu rufen. Doch sein Kopf war vollkommen leer. Er blickte starr auf seine Hände, die vor ihm auf der Tischplatte lagen, die rosigen Nagelbetten, den dunklen Haarflaum auf seinen Handrücken. Er dachte an Christine, seine Wohnung, das Stück Cellophan in der Toilettenschüssel. Er tastete sich in der Zeit zurück. Der Abend. Sie war mit ihm zusammen in seiner Wohnung. Und vorher? Das Blue Diamond. Christine hatte mit steigender Begeisterung vom Protestdorf im Wald erzählt, von seinen Bewohnern, von den vielen Demonstranten, die am Wochenende den Wald bevölkerten. Und Brian war mitten hineingeplatzt, mitten in Christines abenteuerliche Geschichten, hatte einige Augenblicke aufmerksam zugehört und war dann wieder im Gedränge verschwunden.

Einige Drinks später hatte Brian ihn am Tresen beiseite genommen.

„Das ist doch mal was", hatte er gemeint, „das Protestdorf und diese Kleine, Christine, die scheint ja richtig gut Bescheid zu wissen über das, was da so vor sich geht. Georg, du musst morgen unbedingt zur Redaktionskonferenz kommen. Das ist deine ganz große Chance!"

Behutsam hob Georg den Kopf und warf einen ängstlichen Blick in die Runde. Ein Dutzend fremder Augenpaare starrte ihn an, nur Erdinger, der Mann vom Sportteil, machte Grimassen, er hatte wohl etwas zwischen den Zähnen und versuchte es mit der Zungenspitze freizuspielen. Die anderen aber schienen ehrlich gespannt darauf zu sein, was er ihnen gleich enthüllen würde.

Er fasste sich ein Herz und begann zu sprechen, mehrmals verlor er den Faden, hangelte sich von Satz zu Satz. Schließlich gingen ihm die Worte gänzlich aus. Die Quelle, aus der sie geflossen waren, schien endgültig versiegt. Im Anschluss herrschte angestrengte Stille. Angstvoll lauschte er auf eine Antwort. In ihm selbst war es völlig leer. Schließlich meldete sich erneut die Stimme des Chefredakteurs: „Also, wenn ich das richtig verstanden habe, dann haben Sie jemanden kennengelernt, der sich regelmäßig im Wendland aufhält und Kontakte zu den Protestlern unterhält. Das ist doch sehr interessant, aber eine richtige Story ist das natürlich noch nicht, junger Mann."

Dabei unterzog Dr. Müller, während er sprach, abwechselnd mal Georg und dann wieder Brian eines prüfenden Blickes. Vielleicht hat er noch nicht entschieden, dachte Georg, wen von ihnen beiden er für den Schlamassel verantwortlich machen wollte: diesen stammelnden, verwirrten Fotografen oder doch eher seinen eigenen Gesellschaftsredakteur, Brian Powell?

Georg meinte, aus der Stimme und den Worten des Chefredakteurs einen zarten Hauch großväterlicher Milde herausgehört zu haben, zumindest wünschte er es sich. Er wollte sich gerade schon zurücklehnen, als er einen leisen Stoß gegen seine Wade verspürte. Unauffällig blinzelte er zu Brian hin und sah ungläubig mit an, wie sein Tischnachbar mit den Zeigefingern eine Herzform vor sich auf der Tischplatte beschrieb. Brian wollte offenbar, dass Georg mehr von Christine erzählte. In Georg regte sich sofort entschlossener Widerstand. Christine durfte auf gar keinen Fall mit hineingezogen werden. Er musste sich schleunigst etwas einfallen lassen.

„Es gibt V-Leute im Dorf", entfuhr es ihm. Dr. Müllers Gesichtszüge verfinsterten sich.

„Das ist uns nicht neu! Das Gerücht geht seit Tagen um!" Die erhoffte Milde in der Stimme des Chefredakteurs war einer eisigen Schärfe gewichen.

„Wer sind diese Leute? Was wollen die?", bellte er durch den Raum.

„Aufwiegeln", versuchte es Georg, wobei ihm bei dem Wort nicht ganz wohl war. Er wäre jetzt am liebsten aufgesprungen und weggelaufen.

Dr. Müller begann zu lachen. Die Ressortleiter drehten die Köpfe in Richtung ihres Chefs. Aber so abrupt, wie er zu lachen begonnen hatte, hörte er auch wieder auf.

„Aufwiegeln?", höhnte der Chefredakteur. „Sprechen Sie deutsch mit uns, mein Junge. Also, noch mal: Wer sind *die* und was wollen *die*? Und hören Sie doch endlich einmal damit auf, in Rätseln zu sprechen."

Georg nahm allen Mut zusammen.

„Es sind Polizisten da, die mischen sich unter die Dorfbewohner, um die Stimmung anzuheizen. Sie sollen die Bewohner zu Straftaten verleiten."

Georg hatte die bange Ahnung, dass er sich hier gerade um Kopf und Kragen redete; er klang ja jetzt schon genauso wie die Besetzer des Bohrplatzes im Wald.

„Schnee von gestern!", rief Dr. Müller amüsiert in die Runde, „Olle Kamellen, mein Junge", und mit Blick auf seine goldene Taschenuhr: „Ich habe gleich den nächsten Termin. Und Sie?", Dr. Müller zeigte mit dem Finger auf Georg, „Sie, junger Mann, melden sich gleich bei mir, wenn es etwas gibt, was nicht schon die Spatzen von den Dächern pfeifen. Jetzt muss ich aber wirklich los. Oder haben Sie noch etwas?"

Brian hob schützend die Hände, als wollte man auf ihn schießen.

„Also dann, meine Herren, ich wünsche Ihnen noch einen guten Tag."

Georg wollte aufstehen, aber Brian legte ihm die Hand auf den Arm. Dr. Müller stemmte sich mit Mühe aus seinem Stuhl und begab sich, auf seinen Gehstock gestützt, in sein Büro. Nachdem die Tür hinter ihm zugefallen war, wurde es mit einem Mal lebendig und ein Flattern und Rauschen ging durch den Raum, Notizblöcke wurden zugeklappt, Kugelschreiber und anderes Schreibwerkzeug wurde zusammengerafft und hastig in die Taschen verstaut; alle Welt schien es plötzlich sehr eilig zu haben.

Georg, von der allgemeinen Aufbruchstimmung um ihn herum angesteckt, verspürte nun ebenfalls den dringenden Wunsch, schnellstmöglich hier herauszukommen, als Brian ihn erneut zurückhielt. Als der Raum sich geleert hatte, schloss Brian die Tür und schaute Georg verschwörerisch an.

„Du bleibst an der Sache dran, Georg. Du nimmst mein Auto und fährst dort hin, in dieses Dorf."

„Aber am Wochenende ist doch diese Kirchensache", wandte Georg ein. Brian machte eine abschätzige Kopfbewegung.

„Dafür krieg ich schon jemand anderen. Wichtiger ist, dass du jetzt dabeibleibst. Mach dir ein schönes Wochenende und sieh zu, was du rauskriegst."

Er zückte sein Portemonnaie, griff scheinbar wahllos ein paar Scheine heraus und drückte sie Georg in die Hand.

„Für dich und die Kleine; man muss ja auch leben", und grinsend zog er seinen Autoschlüssel aus der Jackentasche und warf sie Georg zu.

„Der Wagen steht unten. Wenn was ist, ruf mich an. Ich muss los. Ich brauche den Wagen Sonntagmittag zurück. Stelle ihn einfach vor meine Haustür!"

13. Kapitel

Auf dem Parkplatz vor der Zeitungsredaktion brütete Brians nachtblauer Jaguar in der Mittagssonne. Zwei Stunden später preschte Georg über die Autobahn in Richtung Wendland. Das Geld von Brian war ein komfortables Polster, er könnte es sich bequem machen und in einem Gasthaus übernachten. Oder er schliefe einfach im Auto. Romantischer wäre es aber wohl mit Christine in einer der Blockhütten zu übernachten, von denen er welche im Fernsehen gesehen hatte. Seinen Schlafsack hatte er für alle Fälle dabei.

Nachdem er die Autobahn verlassen hatte und auf der Bundesstraße weiterfuhr, wurde der Verkehr zunehmend dichter, und bald ging es nur noch schleppend voran. Vor ihm fuhr ein VW Bus mit Hamburger Kennzeichen, der über und über mit Anti-AKW-Aufklebern beklebt war. Er stellte sich die Menschen in dem Bus vor, Bundeswehrparkas und lange Haare und die Männer mit Bart und Pfeife. Sie waren echt überzeugt, begeistert für ihre Sache, ein Wesenszug, der ihm selbst manchmal fehlte. Er war keine Kämpfernatur. Auch jetzt, auch wo es um eine gute Sache ging, konnte er sich nicht vorstellen, dass er vollkommen darin aufginge. Aber immerhin war er ja auf dem Weg dorthin. Und er konnte darüber berichten, wenn er ein paar Fotos machte. Die Blockhütten im Wald machten bestimmt etwas her. Sein Blick fiel wieder auf den Bus, der, wie alle übrigen Autos, im Schneckentempo vor ihm herschlich. Was sie wohl über ihn dachten, wenn sie ihn im Rückspiegel sahen. Der Gedanke reizte ihn beinahe zum Lachen. Für einen ihrer Mitstreiter würden sie ihn kaum halten, so wie er hier in Brians Bonzenschlitten seinen Auftritt hatte.

Im Radio hieß es, zum Wochenende würden bis zu dreitausend Besucher und Atomkraftgegner aus dem ganzen Bundesgebiet im Protestdorf erwartet. Ein olivgrüner Hubschrauber donnerte niedrig über die Autokolonne hinweg. Dann warf er sich plötzlich gefährlich zur Seite. Mit gesenkter Schnauze fegte er flach über die sich kräuselnden Felder dahin. Georg sah ihm nach, bis er hinter blaugrünen Baumkronen verschwunden war. Er konnte gerade noch bremsen, sonst wäre er auf den Hamburger VW Bus aufgefahren. Er spürte tausend Stecknadeln in Fingern und Zehen.

Der Stau kroch wie ein endlos langer Wurm tiefer und tiefer ins Wendland hinein, und Georg war erschöpft vom andauernden Spiel mit Kupplung und Bremse. Die Sonne stand bereits tief über den Tannen. Die Blechkolonne hatte sich gerade unendliche zwanzig Minuten durch ein Dorf gequält und stand schon wieder irgendwo im Nichts. Er spielte mit dem Gedanken, umzukehren, als der Kleinbus, dessen Bremsleuchten er in der letzten halben Stunde erhöhte Aufmerksamkeit gezollt hatte, plötzlich aus dem Stau ausscherte und in einer Seitenstraße verschwand.

Für einen Moment war er verdutzt, sah dann aber auch für sich die Chance gekommen, dem Stauwahnsinn doch noch irgendwie zu entfliehen. Er passte eine Lücke im Gegenverkehr ab, scherte aus, raste an einigen Autos in der Kolonne vorbei, riss das Lenkrad herum und schoss um die Kurve. Die Seitenstraße war sehr viel schmaler als er angenommen hatte, und er sah sich für einen Moment dem angrenzenden Graben gegenüber, dem er nur knapp entging. Vom Bus war nichts zu sehen.

Die Straße war kurvenreich und wegen der Bäume und Büsche schlecht einzusehen. Der Motor des Jaguars röhrte, als Georg nach einer scharfen Rechtskurve vom vierten in den zweiten Gang runter schaltete und gleich darauf wieder voll aufs Gas stieg. Ein oder zwei Kilometer vor ihm, meinte er, den VW Bus wiederzuerkennen, dessen Bremslichter in der Dämmerung kurz aufleuchteten. Georg hielt das Gaspedal jetzt voll durchgedrückt, und erst als der Schub nachließ, schaltete er hoch. Die nächste Kurve zwang ihn erneut in den zweiten Gang zurück. Gleich im Anschluss daran kam eine Gerade, aber von dem blauen Bus war keine Spur mehr zu sehen. Vom Erdboden verschluckt.

Georg drosselte das Tempo. Er durfte die Stelle nicht verpassen, an der der VW Bus von der Straße abgewichen war. Ringsumher nur Gegend. Wenn er den Abzweig nicht fand, müsste er den ganzen Weg wieder zurückfahren. Der Gedanke, sich wieder in den Stau einordnen zu müssen, machte ihn ratlos. Links war eine Wiese und rechts standen die Bäume so dicht, dass das Sonnenlicht kaum mehr hindurchdrang. Er verlangsamte weiter die Fahrt und wollte schon aufgeben und wenden, als im Halbdunkel des Dickichts die roten Bremslichter aufflammten. Rechts tauchte zwischen den Bäumen ein Forstweg auf. Sein Herz machte einen Sprung, und das Jagdfieber packte ihn erneut. Er spürte einen leisen Triumph, als er den Wagen zurückstoppte und in den morastigen Waldweg hineinfuhr. Er wollte schon die Scheinwerfer einschalten, zögerte aber. Er stoppte und spähte ins Zwielicht der Tannen. Die Rückleuchten waren jetzt deutlich auszumachen. Der Bus hatte angehalten und rastete zwischen den Bäumen. Dahinter schien es heller zu sein, eine Lichtung. Es hatten keinen Zweck, dem Bus weiter zu folgen. Offenbar hatten sie ein anderes Reiseziel gewählt, jedenfalls war es nicht das Protestdorf. Das hatte hier alles ja gar keinen

Sinn. Wenn er sich beeilte, konnte er vielleicht noch vor Einbruch der Dunkelheit im Protestdorf sein. Christine würde sicher auch nicht ewig auf ihn warten. Sie hatte gelacht, als er ihr gesagt hatte, dass er dorthin kommen wollte. Bestimmt hatte sie sich auch gefreut, aber hatte sie ihn eigentlich auch ernst genommen? Er war sich nicht mehr ganz sicher. Egal, dachte er, ich fahre jetzt dahin.

Er wollte eben zurückstoppen, als er das Hämmern der Rotorblätter eines Helikopters über sich hörte. Einige Augenblicke später sah er ihn, ein mächtiger graugrüner Schatten; er schwebte dicht über die wogenden Baumwipfel hinweg, dorthin, wo Georg die Lichtung vermutete. Wenige Schritte vom VW Bus entfernt blitzte ein Licht mehrmals auf.

Es verdankte sich einzig einem kurzen Impuls, dass er aus dem Auto sprang und die Kameratasche vom Rücksitz riss. Den Fotoapparat in der Hand, sah er, wie der Hubschrauber zwischen den Bäumen abtauchte. Stolpernd bahnte er sich einen Weg durch das Unterholz, immer auf den Lichtstreif zu. Und da war er, der Hubschrauber, nur wenige Meter über dem Boden. Die Kufen hatten noch nicht den Erdboden berührt, als die Luke aufgeschoben wurde, sieben oder acht Gestalten heraussprangen und auf den Saum der Lichtung zustrebten, dorthin, wo jetzt erneut die Signalleuchte aufblitzte. Georg stolperte und fiel. Die Kamera nahm ihren eigenen Weg. Der Deckel vom Objektiv sprang ins Laub und versteckte sich zwischen welken Blättern. Georg rappelte sich wieder hoch und griff nach der Kamera. Es blieb keine Zeit. Der Hubschrauber stieg bereits wieder. Hastig, ohne erst durch den Sucher zu blicken, zielte er zuerst auf den donnernd sich aufschwingenden Hubschrauber, dann in Richtung Bus, auf den das Trüppchen zulief, und von dem es nach und nach verschluckt wurde.

Was die Kameralinse von alledem eingefangen hatte, würde sich zeigen. Georg rannte los. Trockene Zweige schlugen ihm schmerzhaft ins Gesicht. Das Klopfen des Hubschraubers wurde immer leiser. Dafür vernahm er das heisere Wimmern des Anlassers, als der Motor vom Bus gestartet wurde. Schweißgebadet erreichte er den Jaguar. Es gab keine Gelegenheit zum Wenden des Wagens, er musste die hundert Meter rückwärtsfahren. Mit viel Glück erreichte er unbeschadet die befestigte Straße. Dann jagte er wieder dem Stau entgegen und fädelte sich bereitwillig in die nach wie vor zäh dahinfließende Fahrzeugkolonne ein.

Anfangs blickte er noch hin und wieder prüfend in den Rückspiegel, aber der blaue VW Bus war nirgends zu entdecken. Im rhythmischen Stop-and-go, im Gleichtakt mit all den anderen Autos dahinzuziehen, wirkte beruhigend, und sein Herzschlag verlangsamte sich. Er fühlte sich nicht mehr verfolgt, und seine Gedanken kreisten um Christine, die auf ihn wartete. Vor einer Bäckerei machte er Halt und deckte sich großzügig mit süßem Gebäck ein, dazu Cola, Milch, Brot und auch ein Päckchen löslichen Kaffee. Als er ein Glas mit Honig sah, nahm er das auch mit. Die hübsche Verkäuferin schenkte ihm ein Lächeln. Er meinte, dass sie sogar leicht errötet war dabei.

War Christine errötet, an ihrem ersten Abend, im Blue Diamond? Vielleicht. Jedenfalls hatte er *sie* wohl zuerst bemerkt. Er hatte eine ganze Weile zu ihr hingesehen, bis sich ihre Blicke endlich einmal begegnet waren. Und bald darauf auch ihre Wangen.

14. Kapitel

Christine und er empfingen dankbar die letzten wärmenden Strahlen der Abendsonne, den Rücken gegen die nach Baumharz duftende Wand eines der Blockhäuser gelehnt. Einen Steinwurf von ihnen entfernt hatte sich ein Grüppchen gebildet; ein paar Kinder und Erwachsene hatten sich im Halbkreis um einen Bärtigen mit Gitarre versammelt.

„Wange an Wange. So haben wir uns unterhalten, weil es so laut war."

„Das weiß ich gar nicht mehr", überraschte sie ihn mit ihrer Antwort.

Vergessen. Konnte das sein? Wie konnte sie diesen intimen Moment so einfach vergessen? Oder wollte sie sich vielleicht nur nicht erinnern?

„Komm, lass uns da rübergehen, ja?"

Christine rappelte sich vom Boden hoch, klopfte sich den Reisig von der Hose und griff nach seiner Hand, um ihn hochzuziehen. Er erwies sich aber als viel zu schwer für sie. Als er sie dann zu sich herabzuziehen begann, machte sie sich mit einem heftigen Ruck von ihm los und gesellte sich zu den Sängern.

Zuerst war er ein bisschen irritiert gewesen; in ihrer grünen Latzhose, die mindestens eine Nummer zu groß war, und dem gebatikten T-Shirt, war sie ihm im ersten Augenblick ganz fremd erschienen. Der Kontrast zwischen dieser schlotternden Folklore und dem enganliegenden Stückchen Stoff, das sie am

Abend ihres Kennenlernens getragen hatte, hätte nicht größer sein können. Hatte sie sein Erstaunen darüber vielleicht bemerkt? Dann musste sie ihn jetzt für arrogant und spießig halten. Es war Zeit etwas dagegen zu unternehmen, entschied er, und er rappelte sich vom Boden auf. Der Gitarrist hatte Kopien dabei, von einem Lied, das er selbst komponiert hatte. Einige schienen es bereits zu kennen und sangen eifrig mit. Christine versuchte sich ebenfalls darin und ließ sich nicht stören, selbst nicht, als er ihr sanft die Hand auf die Schulter legte. Nach dem Lied löste sich die Gruppe auf, und er blieb mit Christine allein zurück.

„Wenn du Hunger hast", sagte er, „ich hab unterwegs ein bisschen was eingekauft."

„Ja, ich glaube, ich könnte wirklich etwas vertragen."

„Dann komm, die Sachen sind im Auto."

„Weißt du, alle sind hier total nett, und die Leute aus der Umgebung bringen den Hüttenbewohnern Sachen: Essen und so."

Sie traten aus dem Wald auf die Straße, die zu beiden Seiten fast vollständig zugeparkt war.

„Wo stehst du denn?"

„Ein Stück ist es schon noch. Du siehst ja selbst, was hier los ist. Da war ja nur Stop-and-go, die ganze Fahrt hierher. Der reinste Tourismus."

„*Du* meinst doch sicher Terrorismus, was Georg?"

„Ja, klar! Und du? Gehörst du auch zu diesen Chaoten?" Das war eigentlich als Spaß gemeint, aber Christine meinte es offenbar ernst.

„Das sieht man doch wohl, oder? Diese Chaoten, wie du sie nennst, wollen genau wie ich nur verhindern, dass dieser Scheiß hier verbuddelt wird. Ausgerechnet hier!"

Georg meinte, ein leises Vibrieren in Christines Stimme zu hören. Er war auf ihrer Seite, aber es fiel ihm nichts Gescheites ein, um die Sache schnell wieder geradezubiegen.

„Ausgerechnet...?"

„Ja, ich bin hier schließlich aufgewachsen. Ich wohne hier. Meine Freunde wohnen hier."

Da war der blaue VW Bus! Er schob sich bedächtig um die Kurve und kam jetzt direkt auf sie zu.

„Komm!"

Georg fasste die verdutzte Christine um die Taille, und schob sie zwischen zwei geparkten Autos hindurch. Sie blickte sich fragend nach ihm um. Als sie zwischen den Autos hindurch waren, machte er ein paar Schritte in den Wald hinein und winkte sie zu sich. Sie zierte sich etwas, folgte ihm dann aber doch nach.

„Was ist denn los?", wollte sie wissen.

Georg behielt die Straße im Auge.

„Was ist denn?"

„Erklär ich dir später."

Sie folgte seinem Blick zum Straßendamm hinauf.

„Der VW Bus?"

Georg nickte und legte den Finger an die Lippen. Als sich der Bus auf zwanzig Meter genähert hatte, stellte er sich an einen Baum und zog Christine an sich.

„Was ..."

„Schhhhh."

Als sie seinen Blick auffing, schwieg sie endlich, und er schloss sie in seine Arme und küsste sie. Dann hörten sie, wie der Bus im Schritttempo oben auf der Straße vorbeifuhr.

„Was war das?", fragte Christine, nachdem der Bus vorbeigefahren war.

„Funk oder so ..."

„Polizei?"

„Kann schon sein, ja."

Sie sah ihn ernst an.

„Suchen die dich etwa?"

„Quatsch."

Der Jaguar stand eingequetscht in der endlosen Blechkolonne.

„Idiot!"

„Was ist los?"

Georg zeigte auf die beiden Stoßstangen, die rostpockige des Polos und die chromblitzende des Jaguars, die sich beinahe berührten. Er konnte sich nicht erinnern, dass er beim Einparken selbst so dicht auf den Polo aufgefahren war.

„Da sieht man´s mal, können auch nicht Autofahren, die Brotbeutel!"

„Was hast du gesagt ...?"

„Nichts, gar nichts. Alles gut."

Er kontrollierte, ob seine Kameratasche noch unter dem Beifahrersitz lag. Dann angelte er die Tasche mit den Einkäufen von der Rückbank. Christine schlug vor, den Rückweg abzukürzen und den direkten Weg durch den Wald zu nehmen. Seinen Einwand, dass es schon reichlich dunkel dafür sei, ließ sie nicht gelten. Also angelte er die Kameratasche unter dem Sitz hervor und klemmte sich den Schlafsack unter den Arm.

Zwischen den Bäumen umfing sie der kühle, modrige Dunst des Waldes. Über den Baumkronen färbte sich der Himmel bereits blutrot. Er folgte Christine, die übermütig umhersprang und das raschelnde Laub mit den Füßen aufwirbelte.

Das alberne Versteckspiel mit dem VW Bus wäre vielleicht gar nicht nötig gewesen, dachte er. Ihn hatten sie ja gar nicht gesehen. Er hatte ihr Angst gemacht!

Christine hatte sich hinter einem Baum versteckt, und als er ihn erreichte, sprang sie hervor und überschüttete ihn mit einer großen Ladung Laub. Schnell legte er Schlafsack und Kameratasche ab, häufte selbst ein ordentliches Paket Blätter zusammen und hob es mit beiden Händen auf. Christine sah es, und lachend ergriff sie die Flucht. Georg jagte ihr nach. Sie war flink und gewann sogar noch an Abstand. Als sie stolperte und fiel, glaubte er zunächst, dass sie die Kräfte verlassen hätten, aber als sie sich aufrappelte, mit weit aufgerissenen Augen, sah er das Blut in ihrem Gesicht. Er stürzte zu ihr hin und nahm ihren Kopf in beide Hände.

„Lass mal sehen."

Christine hatte zwei Schnittwunden auf der linken Wange und eine an der rechten Braue. Ihre Jacke war am Ärmel eingerissen. Er holte ein Papiertaschentuch aus der Jacke und tupfte ihr das Blut ab.

„Hast du noch mehr abbekommen?"

„Nein, ich glaub nicht."

„Und das hier?"

„Nichts weiter, nur die Jacke."

Er machte einen Schritt an ihr vorbei und stieß mit dem Fuß gegen den blanken Stacheldraht.

„Verdammte Schweinerei! Hier kommen wir jedenfalls nicht weiter. Kannst du gehen?"

„Ja."

Er tupfte ihr erneut etwas Blut von der Braue.

„Du hast noch Glück gehabt, das hätte auch das Auge sein können."

„Ja, hätte! Ist jetzt auch egal. Ich ärgere mich nur über mich selbst."

Sie gingen den Weg zurück, und er sammelte seine Sachen vom Waldboden auf. Als sie schließlich am Auto ankamen, war es schon fast dunkel. Die Seitenstreifen, mit den parkenden Autos der Tagesausflügler, begannen sich zu lichten. Auch der rostige Polo, der dem Jaguar so dicht auf den Pelz gerückt war, war verschwunden.

Er öffnete ihr die Beifahrertür. Als er sich in den Fahrersitz gleiten ließ, sah er, dass sie die Sonnenblende heruntergeklappt hatte und ihre Verletzungen im Spiegel inspizierte.

„Sieht schlimmer aus, als es ist", sagte sie.

„Und? Du willst doch nicht etwa hierbleiben!"

Sie betastete weiter prüfend ihr geschundenes Gesicht. Aus der verletzten Braue quoll Blut und sammelte sich zu einem hässlichen dunklen Tropfen über dem Auge.

„Hier, drück das fest darauf."

Sie nahm das Taschentuch, das er ihr hinhielt und tat wie ihr befohlen.

„Und wohin jetzt?"

„Zu meinen Eltern."

„Nicht erst zum Arzt?"

„Den können wir dann anrufen. Er wohnt im Dorf."

Einzelne Bäume waren kaum noch auszumachen, und nur vereinzelt schimmerten rot die Katzenaugen der wenigen noch verbliebenen Autos in der Dunkelheit. Am Himmel blinkten die ersten Sterne, und der Dunst war dabei, den Wald zu verlassen und hatte schon den Straßendamm erreicht.

„Was ist denn mit deinen Sachen?"

„Die hat der Dieter."

Sie sprach diese Worte wie einen Zauberspruch, als könnten sie zugleich alle großen und kleinen Rätsel dieser Welt mit einem Mal lösen. Wie das elfte Gebot: *Die hat der Dieter.* Nur in Gedanken wiederholte er den Satz für sich, und so fuhren sie schweigend in die anbrechende Nacht. Vor ihnen, im Licht der Scheinwerfer, zog sich die Welt immer mehr zusammen, bis nur noch ein heller Kegel von hundert Metern nebligen Asphalts übrigblieb. Aus der Dunkelheit, tief in ihren Sitz eingesunken, wies Christine ihm den Weg, und er befolgte bereitwillig ihre Anweisungen, in diesem immer schwärzer werdenden Schwarz. Einmal war der Weg so holprig, dass er an ihrer Unfehlbarkeit zu zweifeln begann, doch schließlich erreichten sie wieder befestigte Straße, und Georg war froh, geschwiegen zu haben. Er war müde. Und glücklich, wieder im warmen Auto zu sitzen und das alles hinter sich zu lassen. Aber er traute dem Gefühl nicht, es sickerte durch das lose Netz seiner Gedanken und war schon fort. Glücklich? – nein, einfach nur erleichtert, entkommen zu sein: dem Hubschrauber, dem VW Bus und dem kleinen Dorf im Wald, mit seinen Bewohnern, über das sich nun auch die Nacht senkte, und das umwickelt wurde – mit Stacheldraht.

„Stopp, stopp, stopp!"

Er wurde jäh aus seinen Gedanken gerissen und stieg hart in die Bremsen.

„Hörst du mir eigentlich zu?"

Er wendete den Wagen auf der Straße und fuhr zurück. Sie lotste ihn auf einen unbeleuchteten Betriebsweg, der in ein Wäldchen hineinführte und hieß ihn schließlich auf dem schmalen Weg anhalten. Sie stieg aus und öffnete ein hohes Gatter. Er bog in die spärlich beleuchtete Einfahrt ein und stellte den Motor ab.

Es war so finster, dass er kaum den Weg ausmachen konnte, auf dem sie gingen. Er meinte, ein oder zwei Geräteschuppen und einen Traktor zu erkennen. Näherkommend begann sich allmählich die Silhouette einer Bauernkate gegen den sternenklaren Nachthimmel abzuzeichnen. Sie betätigte den schmiedeeisernen Türklopfer. Er fühlte sich nicht besonders wohl bei der Vorstellung, sie ihren Eltern in diesem Zustand zu überbringen. Obwohl ihm seine Gedanken altmodisch vorkamen, konnte er sie doch nicht ganz abstellen. Auch nicht, als er sich sagte, dass er für den Stacheldraht gar nichts konnte. Das machte die Sache eher noch schlimmer, weil es sich so anhörte, als wollte er sich aus der Verantwortung stehlen. In den Augen ihrer Eltern war er auf jeden Fall verantwortlich und auch schuldig, ganz gleich wie die Sache verlaufen sein mochte.

Über der Haustür flackerte ein Licht auf, und die Mutter öffnete im Morgenmantel. Ihre Gesichtszüge erstarrten beim Anblick ihrer Tochter. Langsam hob die zierliche Frau die Hände und führte sie in Richtung des Gesichts der Verletzten. Noch ehe sie Christine berühren konnte, glitt diese sachte an ihr vorbei und in den Flur. Erst als Christine seinen Namen nannte, reagierte die Mutter und reichte ihm eine kraftlose Hand, dann wandte sie sich um und eilte schwankend den Flur entlang. Christine ließ sich seine Jacke geben und hängte sie zu der ihren an die Garderobe. Sein Blick fiel auf den eingerissenen Ärmel. Durch die offene Tür zur Gästetoilette konnte er sehen, wie sie ihre Verletzungen im Spiegel begutachtete. Als sie wieder in den Flur trat, hieß sie ihn mit einer kleinen, schnappenden Bewegung ihrer Finger folgen.

„Komm", sagte sie fast lautlos.

Christines Vater telefonierte mit dem Arzt, und dann saßen sie in der niedrigen Stube und warteten, die Eltern jeder für sich; der Vater, die Hosen eilig über den Pyjama gestreift, in einem mächtigen ledernen Sessel, Christines Mutter auf einem Stuhl am Fenster; Georg auf der Couch neben Christine, die tief in die Kissen versunken stumm vor sich hinblickte. Er hätte gern den Arm um sie gelegt. Aber er wagte es nicht. Nicht hier. Nicht vor ihren Eltern. Er hatte es nicht verhindert. *Er war schuldig.*

Die Frau nestelte am Saum ihres Morgenrocks, Christines Vater machte sich jetzt daran, die Knöpfe an den Hemdsärmeln wieder zu schließen. Mit müden Augen sahen sie abwechselnd einander und dann wieder die Tochter an. Ihn ignorierten sie, so gut es ging, so gut, wie man einen Menschen eben ignorieren kann, den man nicht kennt und der auf der eigenen Couch sitzt; einen Fremden, der einem die Tochter in der Nacht, Blut überströmt, mit Schnitten im Gesicht nach Hause bringt, so einen eben. Beiden war die starke Anspannung anzumerken, die zu zügeln sie bemüht waren, jeder so gut er es verstand; die Mutter, indem sie die eine Hand mit der anderen umschloss und die Daumen kreisen ließ; der Vater, die Gedanken zwischen den Kieferplatten zermahlend und mit den langen knochigen Fingern die Knie massierend.

Es klopfte an der Haustür, und der Vater ging aus dem Zimmer. Aus dem Flur waren gedämpft die Stimmen der beiden Männer zu hören, wie sie ein paar Worte miteinander wechselten. Augenblicke später kam der Arzt herein. Seine Füße steckten in schwarzen Lederschuhen mit dicker Sohle. Unter seinem Mantel lugten ebenfalls die Hosenbeine eines Schlafanzugs hervor.

Er setzte den großen Arztkoffer ab und warf Christine, die schmollend unter der Schirmlampe saß, einen prüfenden Blick zu. Christines Mutter erhob sich, und der Arzt legte ihr tröstend eine Hand auf die Schulter. Georg stand ebenfalls auf. Der Arzt drückte ihm fest die Hand. Dann kümmerte er sich um seine Patientin.

Er ließ sich mehr Licht machen und nahm Christines Verletzungen in Augenschein. Sorgfältig untersuchte er die Schnittwunden in Christines Gesicht. Auf der Sofakante, mit durchgedrücktem Kreuz, den Blick starr zur niedrigen Zimmerdecke gerichtet, ließ Christine die Behandlung klaglos über sich ergehen. Zum Schluss gab er ihr eine Injektion in den Oberarm und verstaute seine Utensilien wieder im Koffer. Als er Anstalten machte zu gehen, bat Christines Mutter ihn, doch noch für einen Augenblick zu bleiben. Sie, die seit Eintreffen des Arztes unablässig im Raum umhergewandert war, fand auch jetzt noch nicht die Ruhe, sich zu setzen. Als der Doktor sich in einen Sessel sinken ließ, schenkte sie ihm ein dankbares Lächeln und entnahm dem Wandschrank eine Flasche Obstbrand und eine Handvoll Gläser.

„Das kannst du mir nicht abschlagen, Heinrich", sagte sie ernst.

Schließlich hoben alle ihr Glas, und man trank auf Christines baldige Genesung. Der Arzt sprach einige beruhigende Worte an die Eltern. Die Schnitte auf der Wange seien nicht sehr tief und würden sicherlich bald verheilen; bei der Wunde über dem Auge wollte er sich nicht so genau festlegen; eine Narbe könnte zurückbleiben.

Dann war es an Christine zu erzählen, was geschehen war, das wilde Spiel im Laub ließ sie dabei aus. Der Arzt und der Vater saßen ungerührt da, den Blick ins Leere gerichtet. Die Mutter ließ die Augen zwischen Christine und den Männern unruhig hin und her gehen, doch auch nachdem Christine ihre Geschichte beendet hatte, und sie sich wieder tiefer neben Georg in die Couch sinken ließ, hüllten die beiden Männer sich in Schweigen. Ein einvernehmliches Schweigen, schien es Georg.

Der Doktor stemmte sich schließlich aus seinem Sessel. Christines Vater erhob sich ebenfalls und bat die übrigen doch Platz zu behalten. Der Arzt grüßte noch einmal in die Runde zurück, und die beiden Männer verließen das Zimmer. Augenblicke später waren ihre Schritte auf dem Kiesweg zu hören. Die Mutter erhob sich von ihrem Stuhl und schloss das Fenster. Sie blickte für einen Moment in die Dunkelheit hinaus und zog dann die Vorhänge zu.

„Wenn Sie hierbleiben möchten", begann sie, „dann könnte ich ..."

Georg hob abwehrend die Hand. Er müsse wieder los. Die Mutter nickte geistesabwesend und verließ das Zimmer. Nachdem die Mutter gegangen war, sah Christine ihn hilflos an. Der Traum von der gemeinsamen Nacht im Protestdorf war geplatzt. Er bedauerte es ebenso wie sie. Aber er musste jetzt aufbrechen. Er hatte das Gefühl, fort zu müssen. So vieles hatte sich in den letzten Stunden ereignet, vieles, was er noch gar nicht recht verstand. Er brauchte Zeit für sich, Zeit über alles nachzudenken. Und er wollte Christine da nicht mit hineinziehen und sie damit womöglich zu ängstigen. Sie war so tapfer gewesen. Nein, er konnte hier nicht länger bleiben. Als er aufstand, las er die Enttäuschung in Christines Augen. Er hätte sie so gern in die Arme geschlossen, aber er musste jetzt stark sein, stark auch für Christine.

Auf dem Weg zum Auto kam ihnen Christines Vater mit einer Taschenlampe entgegen. Sie reichten einander die Hand, und der Vater überließ ihnen die Lampe. Gegen das Auto gelehnt rauchten sie noch eine letzte Zigarette. Der Mond spiegelte sich im schwarzen Spiegel des Teichs. Er gab ihr einen sanften Kuss auf die unverletzte Wange und setzte sich in den Wagen. Beim Ausparken glitt der helle Lichtkegel der Scheinwerfer über Christines Gesicht. Sie strich sich mit den Fingern über die Wangen. Georg zögerte kurz, aber er wollte jetzt nicht mehr reden. Ihm stand eine lange Fahrt bevor, und er fühlte bereits, wie sich die Müdigkeit in seinen Gliedern ausbreitete.

Am Dorfausgang sah er ein Dutzend Traktoren, die im Halbrund auf einem Acker abgestellt waren. Im Licht der Scheinwerfer sah er eine Handvoll Männer, die nah beisammenstanden. Bei einem lugte unter dem Mantelsaum eine helle Schlafanzughose hervor. *Was zum Teufel ...?*

15. Kapitel

Es war noch früher Morgen. Georg lenkte den Jaguar durch ein Neubaugebiet mit weiß getünchten Bungalows, die sich in nichts unterschieden als der Hausnummer. Er stoppte am Straßenrand und stellte den Motor ab. Neben ihm, auf dem Beifahrersitz, lag das Kuvert mit den Fotos. Es waren fünf Aufnahmen, alles Übrige auf dem Film hatte sich als unbrauchbar erwiesen: Schnappschüsse von Bäumen, Laub, Himmel, auch ein gestochen scharfes Porträt seiner Schuhe fand sich darunter, ein Andenken an den Moment, als sich ihm die Baumwurzel in den Weg gestellt hatte.

Aber doch, fünf Bilder waren geblieben, fünf Momentaufnahmen, die eindrucksvoll die Ereignisse am Vortag im Wald schilderten: es waren fast magische Momente, mit einem flach über einer Waldlichtung schwebenden Hubschrauber, mit einem Kleinbus sowie zwei Grüppchen von Leuten, die teils dem Hubschrauber und teils dem Bus zustrebten.

Georg stieg aus und schloss die Wagentür ab. Er ging zur Gartenpforte und warf einen flüchtigen Blick in den Vorgarten, akkurat angelegte Wege aus weißen Kieseln, die von lila und gelben Stiefmütterchen gesäumt waren, Buchsbäumchen, zu zierlichen Kugeln und Pyramiden zurechtgestutzt. Georg las noch einmal den Namen unter dem Klingelknopf, nur um ganz sicher zu sein. Dann ließ er den Umschlag mit den Bildern in den Briefkasten rutschen und knetete das Lederetui mit dem Zündschlüssel durch den Messingschlitz.

Gegen Mittag kehrte er in seine Wohnung zurück, setzte Wasser für Nudeln auf und packte die Tasche mit Hackfleisch, Spaghetti, Tomatenmark und den Dosen Tomaten aus. An der Flamme des Gasherds zündete er sich eine Zigarette an. Als er die Nudeln ins siedende Wasser gleiten ließ, fielen ihm plötzlich die Fotos ein. Er öffnete die Tür zum einstigen Vorratsraum, der ihm als Dunkelkammer diente.

Er betrachtete die beiden Schnüre, an denen die Wäscheklammern hingen. Einzig die Klammern! Wo waren die Abzüge? Gegen den Türrahmen gelehnt, mit einem leichten Schwindelgefühl, versuchte er sich zu erinnern. Er hatte die Abzüge doch hier aufgehängt; zwölf ... zwölf Abzüge waren es gewesen, darunter auch die fünf Motive, die er doppelt entwickelt und für Brian in den Umschlag gesteckt hatte. Er ließ den Blick über die Regalbretter wandern. Die Kästen mit den Filmrollen waren sämtlich leergeräumt. Beide Fotokameras lagen mit aufgeklapptem Magazinfach auf dem Tisch neben dem gefüllten Entwicklerbad. Das Blitzgerät, die Ersatzleuchtmittel und das Tele lagen scheinbar unberührt im Regal. Er ließ sich auf den Stuhl am Küchentisch sinken. Ihm wurde übel.

Das Klingeln des Telefons schreckte ihn auf. Es war Brian.

„Einen Briefumschlag? Nein, kein Briefumschlag. Nur die Autoschlüssel. Wieso?"

„Nichts. Schon gut."

Georg legte auf. Er fühlte sich völlig leer, und noch bevor er eigentlich wusste, was er tat, ging er zur Wohnungstür, öffnete sie und warf einen flüchtigen Blick ins Treppenhaus, machte kehrt, ließ die Tür aber offenstehen. Sacht drückte er die Klinke zum Schlafzimmer und spähte durch den schmalen Schlitz. Misstrauisch sah er sich noch einmal nach der Wohnungstür um, ehe er die Schlafzimmertür ganz aufschob. Er sandte einen Blick durch das zwielichtige Dunkel: Das blaue Rollo vorm Fenster war geschlossen, der Kleiderbügel auf der zerwühlten

Bettdecke, die zerknitterte Programmzeitschrift, die Packung Taschentücher, alles lag unverändert da. Nichts, was auf die Gegenwart eines Dritten hätte schließen lassen. Das Rollo wölbte sich mit einem Mal vor, und er spürte einen Luftzug im Haar. Hinter ihm fiel mit lautem Knall die Wohnungstür ins Schloss. Mit einem erschreckten Satz sprang er auf das Bett. Er spürte, wie sein Herz in der Brust raste, und er rang nach Luft. Nachdem er den Schreck überwunden hatte, zog er hastig das Rollo hoch und schloss das angekippte Fenster. Es half nichts; er musste auch im Bad nachsehen. Mit wenigen langen Schritten war er wieder an der Wohnungstür. Diesmal stieß er die Fußmatte unter die Tür. Dann näherte er sich auf leisen Sohlen dem Badezimmer. Er legte das Ohr ans Türblatt und lauschte. Stille. Er drückte die Klinke und sie sprang einen Spalt breit auf. Er tat einen entschlossenen Schritt zurück und ließ die Tür mit einem kräftigen Tritt gegen die Duschkabine krachen. Polternd fiel der Brausekopf in die Duschwanne. Der Zahnputzbecher sprang vom Kabinenrand und rollte ihm vor die Füße. Beklommen lugte er um die Ecke.

16. Kapitel

Als Hanna am Morgen aus dem Schlaf erwachte, fühlte sie sich ausgeruht und erfrischt, wie sie es schon seit langer Zeit nicht mehr erlebt hatte. Rasch besann sie sich darauf, was sie sich vorgenommen hatte; sie wollte im Anschluss an die Arbeit in das Café gehen, dass sie vor wenigen Tagen in einem Innenhof entdeckt hatte.

Hanna war sich der Tatsache wohl bewusst, wie sehr sie Esther in den vergangenen Wochen in Anspruch genommen hatte; nicht nur hatte sie nach dem Einbruch Unterschlupf bei Esther gefunden und bei ihr wohnen dürfen, Esther hatte ihr, als es Hanna weiterhin so schlecht ging, viele Pflichten erlassen, war versöhnlich geblieben, auch wenn Hanna manchmal ungeduldig oder misslaunig war. Es war an der Zeit, Esther etwas von ihrer Geduld und Nachsicht zurückzugeben und sie an ihrem eigenen, neu geschöpften Lebensmut teilhaben zu lassen. Es glückte zu Hannas Freude und Erleichterung auf Anhieb, nicht zuletzt, weil Esther ihr ganz offensichtlich in nichts etwas nachtrug, sondern sich mit ihr zu freuen schien, weil es ihr wieder besser ging; und bald schon begannen sie damit, sich wie früher gegenseitig ein bisschen zu necken.

Die Nachmittagssonne, das Gurren der Tauben und die milde Frühlingsluft machten ihr Herz leicht. Als Hanna in den Museumshof trat, hielt sie inne. Die Sonne beschien eine Gruppe von Stelen, die im Kreis versammelt waren. Sie waren aus gelbem, grob behauenem Sandstein, Wind und Wetter hatten noch nicht viel an ihnen gewirkt.

Sie wollte eben ins Café gehen, als ein junger Mann aus der Museumstür trat. Er hob die Hand und kam eilig auf sie zu.

„Ich habe dich von da oben gesehen", stieß er nach Atem ringend hervor.

Er wies mit der Hand zur Fassade, gegen die eine Leiter stand, die zum Dachfirst hinaufreichte. Sein Brustkorb spannte sich unter dem schwarzen T-Shirt, als er begierig die Frühlingsluft einsog. Sie glaubte, in seinen dunklen Augen ein Glimmen zu sehen. Auf seiner Stirn und auf seiner Oberlippe waren winzige Schweißperlen. Allmählich kam er wieder zu Atem.

„Hanna, Hanna Schweitzer?"

„Ja?", fragte sie überrascht zurück.

„Ich glaube, ich habe etwas, was dir gehört."

Er machte eine kleine Pause.

„Du warst umgefallen", er sah sie erwartungsvoll an, „vor dem Kiosk ... "

Das Rieseln ging wieder durch sie hindurch, wie damals, kurz vor der Ohnmacht.

Sie nickte nur.

„Ich bin Alexander."

Er lächelte sie an, und ihre Erinnerung kehrte allmählich zurück.

„*Du* warst das, du hast mir das Wasser gebracht."

„Ja", sagte er freudig.

„Aber ich weiß noch immer nicht ... ", begann sie zaghaft.

„Ein Brief. Er ist noch dort, in dem Kiosk."

Der Brief. Sie sah wieder die Glut in seinen Augen aufflackern, und diesmal erkannte sie, dass es die Stelen waren, die im Sonnenlicht golden aufflammten. Sie sah sich nach ihnen um, und er folgte ihrem Blick

„Wie findest du sie?", fragte er.

Er trat neben einen der Steine hin und legte die Hand darauf.

„Sie sind nackt und frieren", platzte es aus ihr heraus.

Im nächsten Augenblick war sie selbst ein bisschen erschrocken über ihre Bemerkung. Was war denn nur in sie gefahren?

„Komm", bat er sie zu sich, „fühl selbst."

Seine kräftige Hand lag für einige Augenblicke auf ihrer, darunter spürte sie die samtige Wärme des Steins. Er zog langsam seine Hand zurück. Sie hätte sie gern noch länger gespürt. Als sie ihn ansah, errötete er ein wenig.

„Ich muss wieder zurück ins Museum. Ich würde dich gern einmal wiedersehen."

„Ja. Ich auch. Ich meine, ich *dich* auch", sagte sie und spürte, dass sie nun selbst errötete.

Sie mussten beide herzhaft lachen.

Am Abend in ihrer Küche blickte sie auf den Stapel Briefe vom Vater. Sie hatte noch immer nicht den Mut gehabt, einen von ihnen zu öffnen. Morgen wollte sie zum Kiosk gehen und ihren Brief abholen. Dann wäre sie wieder vollständig, ihre kleine Sammlung. Sie war über sich selbst erzürnt. Sie hatte nicht einmal bemerkt, dass sie den Brief überhaupt verloren hatte. Sicher wunderte Alexander sich auch über sie, sie war auf Socken gewesen. Trotzdem hatte er ihr zum Abschied ein Kärtchen gegeben, mit seiner Telefonnummer darauf. Sie wollte ihn wirklich wiedersehen, unbedingt. Und er wollte es, das hatte er ihr auch gesagt.

Kurz entschlossen zog sie die Besteckschublade auf, nahm sich das Filetiermesser, schnappte sich den obersten Brief vom Stapel und schlitzte ihn auf. Sie zog drei handgeschriebene Seiten heraus. Als sie den Umschlag schon aus der Hand legen wollte, schien es ihr, als sei noch etwas anderes darin. Sie spreizte das Kuvert auf und schüttelte es sacht. Überrascht sah sie, wie nacheinander fünf zarte Blütensterne herauspurzelten und auf dem Küchentisch landeten. Ihre bläuliche Färbung war sogar noch zu erraten.

17. Kapitel

Hanna war zu ihrer alten Gewohnheit zurückgekehrt, nach der Arbeit noch einige Zeit in der Stadt zu bleiben. Nur dass ihre Ausflüge jetzt keine Fluchten mehr waren, Gewaltmärsche, die sie sich angetan hatte, nur um nicht zu früh in der leeren Wohnung zu sein und dort fruchtlose Stunden des Grübelns verbringen zu müssen. Nein, diese Zeit war jetzt endlich vorüber, und wenn sie doch einmal an den Einbruch dachte und an die Zeit danach, dann mit einem leisen Schrecken, so wie man sich an einen schlimmen Traum erinnerte. Wenn sie heute jemand danach fragte, wäre es genau das, was sie antworten würde. Ein böser Traum, aus dem sie endlich erwacht war.

Bei schönem Wetter ging sie hin und wieder zu der alten Holzbank am Kanalufer hinunter, wo sie und Kerstin die Sportstunden zugebracht hatten. Dort, im Schatten der Kastanien, blickte sie den träge vorüberziehenden Lastkähnen nach und lauschte dem rhythmischen Glucksen der Wellen, die an die Uferböschung schwappten. Wenn das Tuckern der Dieselmotoren verklungen war, zog sie einen Briefe vom Vater aus der Manteltasche, faltete ihn sorgsam auseinander und las darin.

Heute war wieder einmal so ein Tag, an dem es sie dort hingezogen hatte, zu ihrer Bank. Und während sie im Baumschatten gelesen hatte, war es kühl geworden. Sie stand schließlich auf, steckte den Brief zurück in den Umschlag und machte sich auf den Heimweg. Aber an diesem Tag, ging sie nicht wie üblich über die Brücke stadteinwärts, sondern nahm, wohl noch unter dem Eindruck des Briefes und so ganz ihren eigenen Gedanken hingegeben, ihren Weg aus Kindertagen, den Weg, der sie so viele Jahre hindurch von der Schule nach Hause geführt hatte.

Nun stutzte sie und blieb abrupt stehen; überrascht, sich plötzlich dem Haus ihrer Kindheit gegenüber zu sehen. Beim Blick die Balkone hinauf, fragte sie sich, ob sie sich wohl stark genug fühlte für einen kurzen Besuch. Die Mutter würde ihr sicherlich vom Einbruch in ihre Wohnung erzählen wollen. Oder sie würde Hanna erst einmal mit Vorwürfen überhäufen, weil sie sich so lange nicht bei ihr gemeldet hatte. Ganz bestimmt würde sie nach Hannas Schuhen fragen, das Paar, das sie bei ihrer Flucht aus der Wohnung zurückgelassen hatte.

Die Haustür war nicht abgesperrt, und sie stieg rasch die Treppen hinauf. Sie lauschte einen Moment in die Stille des Treppenhauses, bevor sie etwas zögerlich den vergilbten Klingelknopf drückte.

„Hanna?", erklang eine schrille Stimme hinter ihr.

Erschrocken fuhr sie herum.

„Die Mutti ist nicht zu Hause!"

Die alte Frau Billerbeck stand in blauer Kittelschürze und grasgrünen, plüschigen Hausschuhen auf der Türschwelle ihrer Wohnung und füllte mit ihrer keifenden Stimme das Treppenhaus.

„Sie ist zu ihren Eltern gefahren!"

„Ja, danke!", stieß Hanna eifrig hervor.

Schnell hüpfte sie die Stufen hinab, erleichtert, die Mutter doch nicht angetroffen zu haben. Ihr Weg führte sie am Kiosk vorbei. Er war geschlossen, die Fenster vergittert. Sie drückte sich näher an das Fenstergitter heran. Drinnen regte sich nichts. Im schummrigen Halbdunkel waren nur die Regale mit Zigarettenschachteln und Zeitschriften schemenhaft auszumachen. Wo wohl ihr Brief war? Hoffentlich war er noch da. Sie wandte sich zum Gehen und nahm sich dabei vor, nicht weiter darüber nachzugrübeln, als sie schnelle Schritte hinter sich hörte.

„Hallo?", vernahm sie eine raue Männerstimme.

Sie drehte sich rasch um und sah in das wettergegerbte Gesicht eines Mannes, der sie freundlich anblickte. Er erschien ihr seltsam vertraut.

„Ich wollte Sie nicht erschrecken. Ich habe etwas für Sie." Er reichte ihr eine kleine Plastiktüte, und sie warf einen kurzen Blick hinein. Kein Zweifel, er war es, ihr Brief.

„Und hier ist noch eine Nachricht für Sie. Alexander, er bat mich, sie Ihnen zu geben."

Er reichte Hanna einen Zettel und sie faltete ihn auseinander. *Arkadenweg 24; 17:00 Uhr.* Es war eine Adresse in der Innenstadt, nahe dem Rathaus. Wenn sie sich beeilte, konnte sie pünktlich dort sein. Sie bedankte sich und machte sich fröhlich auf den Weg.

Vor dem Haus stand das Auto einer Dachdeckerei. Hanna blinzelte zu der eingerüsteten Hauswand hinauf. Da war er, Alexander. Er schwang sich eben behände vom Dach auf das Baugerüst hinüber, setzte sich neben den anderen Mann in Zimmermannskluft und zündete sich eine Zigarette an. Sie trat aus dem Baumschatten, wo er sie sehen musste. Als er sie entdeckte, machte er ihr Zeichen, heraufzukommen. Bei dem Gedanken, dort oben hinaufzuklettern, grauste es sie, und sie schüttelte energisch den Kopf. Sie konnte sehen, dass er ein paar Worte mit seinem Kollegen wechselte, ihm freundschaftlich auf die Schulter klopfte und aufstand. Auf seinem Weg zu ihr hinab verfolgte sie jede seiner Bewegungen genau. Dann erreichte er endlich den sicheren Boden, und sie fühlte einen angenehmen Schauer über ihren Körper laufen, als er sich ihr langsam näherte. Sie fühlte sich wohl in seiner muskulösen Umarmung. Er roch nach Tabak und Baumharz.

Ihr Weg führte sie durch schmale Altstadtgassen, vorbei an bröckelnden Backsteinfassaden. Unvermittelt taten sich große Lücken zwischen den Häusern auf, wo einstmals Menschen gewohnt hatten, waren nur noch Schutt und Mauerreste übriggeblieben. Hier hatten die Jahrhunderte, vor allem aber der letzte Krieg, ein Trümmerfeld hinterlassen. Düstere Hauseingänge mit Holzverschlägen an Stelle von Türen, und manchmal lugte sogar der blaue Himmel durch die Fenster, wenn nur die Fassade noch da war und das Haus dahinter einfach verschwunden – wie in Luft aufgelöst.

Vor einem schmalen, rund gemauerten Torgang blieb Alexander stehen, und sie schlüpften mit eingezogenen Köpfen hindurch. Am Ende öffnete sich ein länglicher Innenhof, der von einer Backsteinmauer umgeben war. Ein schmaler Sandweg führte zum Hauseingang. Alles war hier auf beunruhigende Weise grün. Überall spross und rankte etwas empor oder schlängelte sich am Boden entlang. Über die bemoosten Mauersteine kletterte Efeu. Stauden und Sträucher streckten Blätter und Blüten dem Licht entgegen. Seitlich der Haustür schraubte sich ein mächtiger Blauregen empor und ließ seine üppigen Blütendolden vom Dach herabbaumeln. In Nähe der Mauern und halb versteckt hinter Farnen und Büschen standen Skulpturen aller Art. Hanna näherte sich einer von ihnen. Sie war aus schwarzem Metall und hatte eine sattelförmige Fläche, die golden im Sonnenlicht glänzte. Sie konnte der Versuchung nicht widerstehen, sie zu berühren, erst zaghaft mit den Fingerspitzen, dann fuhr sie entschlossen mit der ganzen Hand darüber hin. Sie sah zu Alexander hinüber, der rauchend gegen einen knorrigen Birnbaum gelehnt stand. Als sie zu ihm ging, schloss er sie in seine Arme und seine Finger spielten in ihrem Haar. Sie küssten sich, und sie fühlte ein tiefes Verlangen nach ihm, seiner Nähe …

Am Abend lagen sie auf einer Decke, eingehüllt in die flüsternde Stille des Gartens.

18. Kapitel

Georg kramte die festen Wanderschuhe aus der Reisetasche hervor und stellte sie vor sich hin. Er war damals eher zufällig vor dem Schaufenster stehengeblieben, und sein Interesse hatte gar nicht den Auslagen gegolten, sondern der jungen Dekorateurin, die sich darin aufhielt, allerdings ohne etwas von ihrem heimlichen Bewunderer zu ahnen. Nur um jeden Verdacht zu zerstreuen, hatte er, als der Verkäufer auf einmal wie aus dem Nichts neben ihm aufgetaucht war, aufs Geratewohl auf ein Paar Wanderschuhe in der Auslage gezeigt.

„Sie haben großes Glück", hatte der Verkäufer gemeint, „Auslaufmodell, zum halben Preis."

Jetzt besaß er die etwas klobigen Schuhe bestimmt schon drei Jahre, und er hatte sie noch nicht ein einziges Mal angehabt.

Georg setzte sich auf die Bettkante, zog die Tasche mit dem Fotoapparat unter dem Bett hervor und machte sich daran, einen neuen Film in das Magazin einzulegen, als es mit einem Mal an seine Zimmertür klopfte.

„Ja, bitte? sagte er laut.

Er blickte auf die Tür. Vielleicht war es doch nicht laut genug gewesen, dachte er, als er sah, wie sich leise die Klinke senkte. Durch den Türspalt lugten die lebendigen Augen seiner Zimmerwirtin.

„Mr. Koslowski?", klang es leise.

„Ja?", fragte Georg zurück.

Die Tür öffnete sich ganz.

„Ich dachte, vielleicht mögen Sie eine Tasse Kaffee mit mir trinken. Es ist gerade nicht sehr viel los da unten", sagte sie, setzte eine betrübte Miene auf, und fügte hinzu: „eigentlich überhaupt nichts."

Sie hatte große blaue Augen und rosige Wangen, die eben noch ein wenig roter zu werden schienen. Ihr wallendes Haar hatte sie mit einem Seidentuch zu bändigen versucht.

„Ja, ich mach das hier nur noch schnell zu Ende", und hob die Kamera etwas an.

„Okay, dann bis gleich",

Er hörte ihre Schritte auf der knarrenden Treppe und nahm sich die Kamera wieder vor. Der Verschluss vom Filmfach klemmte ein bisschen, seit damals, seit der Geschichte im Wald. Aber darüber wollte er jetzt nicht nachdenken, und dafür war er auch nicht den weiten Weg aus Sydney hier herausgefahren. Er legte die Kamera neben sich auf das Bett und machte sich auf den Weg zu ihr.

Sie erwartete ihn bereits mit einem dampfenden Becher Kaffee.

„Hier sitze ich immer, wenn gerade nichts los ist", empfing sie ihn fröhlich. „Es geht immer ein bisschen Wind, und ich bekomme auch noch etwas von draußen mit."

Er setzte sich zu ihr an den Tisch. Nachdem sie ihn eine Weile nachdenklich angesehen hatte, fragte sie: „Sie sind also aus Deutschland?"

„Ja, aber ich lebe jetzt schon fünf, ja fast sechs Jahre in Sydney. Ich muss gestehen, dass ich kaum einmal aus der Stadt herausgekommen bin, in all der Zeit."

„Sie sind nicht einmal in die Blue Mountains gefahren?", war ihre verdutzte Frage, „Sie wollen mich wohl auf den Arm nehmen."

Sie stand lachend auf, ging hinüber zur Theke und begann damit, eine Reihe winziger Vasen mit zierlichen Blumen zu bestücken. Sie war ganz in die Arbeit vertieft und schien ihn vergessen zu haben.

„Der Kaffee war sehr gut."

Sie warf ihm ein Lächeln zu.

„Ich würde gern noch ein Bier nehmen ... "

„Rosanna. So nennen mich hier alle. Wir sind ja nur ein kleiner Haufen hier. Ein Glas zu dem Bier?"

„Nein, danke."

Sie stellte die Flasche vor ihn hin und begann nun damit, die Vasen auf die Tische zu verteilen.

„Wissen Sie, das ist schon sehr merkwürdig ... "

„Georg", beeilte er sich zu sagen.

„Georg", unterbrach sie sich kurz und blickte ihn ernst an. „Du machst eine so weite Reise, fliegst von einem Kontinent zum anderen, und dann rührst du dich – wie lange nochmal – sechs Jahre nicht mehr von der Stelle? Das ist ... "

Sie blinzelte ihn aus schmalen Augen an und statt ihren Satz zu Ende zu sprechen, stellte sie eine Vase mit bunten Blümchen vor ihn hin.

„Sie sind sehr hübsch ... ", sagte Georg.

Er spürte, dass er errötete.

„Die Blumen", fügte er rasch an.

„Ja, das sind sie", erwiderte sie leise lächelnd. „Wirklich", fügte sie noch hinzu, um nach einem Moment der Besinnung zum Thema zurückzukommen, „da hast du ja so einiges nachzuholen, Georg."

Sie ging zur Theke zurück und trug weitere Vasen auf einem Tablett durch den Raum.

Georg griff nach der schwitzenden Bierflasche vor ihm auf dem Tisch.

„Vor was versteckst du dich, Georg?"

Die Frage verwirrte ihn. Es blieb ihm aber keine Zeit für eine Antwort, denn auf der Treppe, die zum oberen Stockwerk führte, wurde es mit einem Mal lebendig. Die altersmüden Stiegen der schmalen Treppe knarzten unter einer schweren Last, die sich darüber herabwälzte, während zwei helle Stimmen miteinander wetteiferten, bis ein volltönender Bariton sich plötzlich donnernd und drohend darüberlegte.

„Bevor ich da jetzt runter gehe", grollte es hinter der Tür zum Treppenhaus, „erwarte ich von euch beiden, dass ihr euch mal für fünf Minuten zusammennehmt! Nur fünf Minuten, verdammt!"

Rosanna und Georg wagten kaum zu atmen. Es war vollkommen ruhig, nichts regte sich, auch von der Straße drang kaum ein Laut zu ihnen herein. Die Stille war beinahe gespenstisch. Nach einigen Augenblicken setzte das Poltern wieder ein. Die Tür wurde aufgestoßen, und es zeigte sich der zornige Generalbass. Er kämpfte sich mit einem riesigen Reiserucksack, den er abwechselnd stieß und schob, bis zur Theke heran, wo Rosanna ihn bereits erwartete. Erschöpft seufzte er seiner Zimmerwirtin einen Morgengruß entgegen und zahlte für die Übernachtung. Wenige Augenblicke später sprang die Tür erneut auf und Mutter und Tochter grüßten verlegen und liefen auf die Straße hinaus. Entgeistert blickte der Mann den beiden nach und schloss für einen kurzen Moment die Augen. Schließlich griff er entschlossen nach dem Rucksack und schleifte ihn wie ein störrisches Kind hinter sich her. Er schien Georg kaum zu bemerken, seine Aufmerksamkeit galt einzig Georgs Bier. Als sich ihre Blicke begegneten, nickte Georg ihm freundlich zu und hob unwillkürlich die Flasche, um ihm zuzuprosten, besann sich aber und setzte sie rasch wieder ab. Der Mann eilte hinaus, Autotüren klappten, ein Motor wurde gestartet, dann war der Spuk vorüber.

Als Georg wieder zu trinken wagte und die Flasche an die Lippen hob, bemerkte er, dass Rosanna ihn vom Schanktisch aus beobachtete.

Georg stand immer noch unter dem Eindruck von Rosannas Frage. Er gab fürs Erste sein eigentliches Vorhaben auf, echte Naturerlebnisse im Eukalyptushain zu sammeln; stattdessen leerte er in schnellen Zügen die Flasche, stand federnd auf und ließ sich von Rosanna vier weitere Flaschen über die Theke reichen. Die restlichen Stunden des Vormittags wollte er genüsslich auf seinem Zimmer verbringen. Die Klausur sollte dem Zweck dienen, sich über einige grundsätzliche Dinge im Leben klar zu werden. Der Reihe nach legte er sich folgende Fragen vor:

Würden die vier Flaschen Bier bis zum Mittag reichen?

Wovor verstecke ich mich?

Welcher Holzkopf hatte diese Zimmerdecke getäfelt?

Hatte Rosanna blaue oder grüne Augen?

Hält sie mich für einen Hasenfuß?

Was schreibt man einem kleinen Mädchen zu seinem fünften Geburtstag?

Nach einer Weile zähen Grübelns schloss er die Augen und schlief ein.

In seinem wirren Traum lief er in einen Urwald hinein, der ihn mit großen grünen Blätterarmen empfing. Auf einem Waldpfad kam ihm das Paar aus Rosannas Pension entgegen. Sie zerrten die halbwüchsige Tochter an einem Strick hinter sich her, der um ihre Handgelenke geknotet war. In demselben Augenblick, in dem sie ihn erblickten, blieben alle drei abrupt stehen. Etwas an seiner Erscheinung schien sie in Erstaunen zu versetzen. Als er sie erreichte, traten sie auf den Wegsaum zurück, um ihm Platz zu machen. Jetzt erst bemerkte Georg, dass er etwas vor sich herschob: eine Kinderkarre. Er kam mit dem klapprigen Ding kaum vorwärts, weil sich die kleinen Räder an jeder winzigen Wurzel festbissen. Die Frau geiferte aufgeregt und schlug wild mit den Händen durch die Luft. Obwohl Georg wusste, dass ihr Geschrei nicht ihm, sondern ihrem Mann galt, schien dieser unbeeindruckt und glotzte wie blöd nur Georg an. Als Georg ihm mit der Bierflasche zuprostete, deutete der Mann drohend auf die Karre, die leer war. Der Mann faselte etwas von nahenden Truppen, von Flucht und Vertreibung, fuchtelte nun ebenfalls mit Händen und Armen in der Luft herum und warf seinen monströsen Rucksack nach ihm. Geistesgegenwärtig drehte Georg sich um und machte einen Riesensprung, der ihn in Richtung Baumwipfel führte. Aber etwas hatte seine Flugbahn gekreuzt, und er spürte einen plötzlichen Schlag, von dem er erwachte.

Eben noch schwerelos, in luftiger Höhe, war er jetzt um eine Beurteilung der Lage seiner Gliedmaße bemüht. Finger und Zehen gehorchten seinem Befehl, demnach war er Herr über Arme und Beine, nur sein Kopf musste noch genauer lokalisiert werden. Er vermutete ihn irgendwo zwischen Bettkante und Nachtschrank. Es klopfte und eine ihm vertraute Stimme erkundigte sich, ob alles in Ordnung sei. Er hob langsam den Kopf vom Bettrahmen und setzte sich langsam auf.

„Ja!", rief er laut, „Ja, alles Okay!"

Vor dem Spiegel über dem Waschbecken betastete er mit den Fingerspitzen seine brennende Stirn, auf der sich ein roter Striemen abzuzeichnen begann. Übers Becken gebeugt schaufelte er sich kaltes Wasser ins Gesicht. Anschließend öffnete er die Zimmertür und spähte in den dunklen Flur hinaus. Nichts regte sich.

Durch das Fenster fiel in spitzem Winkel die Mittagssonne ein. In der Ferne zitterten die Berggipfel in der Hitze. Er zog den Stuhl ans Fenster, entledigte sich seiner Schuhe und Socken und legte die Beine aufs Fensterbrett. Von fern meinte er, die Meeresbrandung zu vernehmen. Von unten drang das Klappern und Klirren von Geschirr und Gläsern zu ihm herauf.

Wovor versteckst du dich, Georg? hatte sie ihn aus heiterem Himmel gefragt. Und wieso hatte er sich bei ihrer Frage denn eigentlich wie ertappt gefühlt? Sie war sicherlich einfach nur ihrer Intuition gefolgt. Und es stimmte ja auch, er hatte bisher keine allzu großen Anstrengungen unternommen, aus Sydney herauszukommen, wozu auch? Schließlich arbeitete er, traf Leute, hatte seine Wohnung, und wenn er tatsächlich einmal die Richtige träfe, würde er sich wohl auch fest in eine Beziehung geben können. Aber „sich verstecken" war dafür wohl nicht der richtige Ausdruck. „Verstecken", das sagte sich so leicht. Und vor was denn eigentlich? Er riss ein Streichholz an und hielt es unter die Zigarette. Alles war so plötzlich gekommen, damals. Er machte es sich rücklings auf dem Bett bequem, nahm einen tiefen Zug aus der Zigarette und blies den bläulichen Rauch zur Zimmerdecke hinauf.

Hätte man ihm damals nicht das Fotolabor geplündert, wer weiß, manches wäre vielleicht anders gekommen. Er hätte die Bilder verkaufen können. Kein Auge hatte er zugemacht. In einem Anflug von Panik war er aus dem Bett gesprungen, mitten in der Nacht, hatte alle Fotoutensilien zusammengerafft, war zum Bahnhof gefahren und hatte alles in einem Schließfach verstaut.

Die Wohnungsgesellschaft hatte sich geweigert, sein unversehrtes Türschloss auszuwechseln. Auch war es, wie man ihn wissen ließ, den Mietern untersagt, das Schloss eigenhändig auszutauschen oder sonstige Veränderungen an der Wohnungstür vorzunehmen.

Er hatte die Dame von der Wohnungsgesellschaft reden lassen, den Telefonhörer samt dem daraus hervorquellenden Geschnatter neben die Gabel gelegt und war ans Küchenfenster getreten. Unter dem Schild der Änderungsschneiderei Nielsen lauerte seit zwei Tagen ein dunkelblauer Kombi mit schwarz getönten Scheiben. Georg war sich sicher, dass die Belagerung ihm galt. Auch wenn er sie nicht sehen konnte, so verriet sie doch der Zigarettenrauch, der aus den Fensterschlitzen in die klare Frühlingsluft hinaufkringelte, und so konnte er sie beobachten, während sie ihrerseits seine Anwesenheit kontrollierten, indem sie zu seinem Küchenfenster hinaufstarrten und Tag und Nacht die Haustür im Auge behielten. Nach dem ersten Entsetzen über die Beschattung und einem Anflug von Panik, meldete sich bald darauf die Angst, und als reichte das noch nicht, setzten körperliche Beschwerden ein: er litt an Magenkrämpfen, sein Herz trommelte, überschlug sich wie ein Hamster im Rad, er fror, schwitzte, hatte Todesangst.

Im Fernsehen liefen ständig die Bilder, die lückenhaften Bildcollagen über die Niederschlagung des Widerstands im Wendland. Die Journalisten waren auf Regierungsanordnung des Dorfes verwiesen, und das Gelände um das geplante Bohrloch war weiträumig abgesperrt worden; wohl aus Furcht vor einer Ausweitung des Protests, wenn schweres Räumungsgerät anrückte und vor aller Augen das Hüttendorf niederzuwalzen begann.

Georg musste immer wieder an Christine denken, an die Schnitte in ihrem Gesicht, wie sie sich im Spiegel der Sonnenblende betrachtete, ihr blasses Gesicht, fahl und verängstigt. Ihre Fahrt durch den Nebel, der gespenstisch in weißen Schwaden aus dem modrigen Waldboden zum Straßendamm aufgestiegen war, Christines Eltern, aus dem Schlaf geschreckt, ihre verstohlenen Blicke, mit denen sie ihn scheu gemustert hatten. Sein eiliger Aufbruch, die Rückfahrt auf nebelfeuchter Straße, die Traktoren auf dem schwarzen Acker, die Silhouetten der Männer im Scheinwerferlicht.

Die Bilder im Fernsehen. Er war wie im Fieber gewesen, zündete sich mit klammen Fingern eine Zigarette nach der anderen an. Zwischendurch stand er unruhig auf, streifte ziellos in der Wohnung umher, vom Wohnzimmer zum Bad, wo er vor seinem eigenen Spiegelbild erschrak, zurück in den Flur, von dort in die Küche, wo er mehrmals den Küchentisch umrundete, den Kopf immer unter der Dachschräge einziehend und schließlich wie apathisch ans Fenster trat, verstohlen auf die Straße hinabblickte, auf das Auto, wie auf eine stumme Drohung, mit seinen getönten Scheiben, die Gesichter vor den Blicken verborgen. Ihre Absicht, ihn einzuschüchtern, verfehlten sie jedenfalls nicht.

Von einer finsteren Ahnung beschlichen, hatte er sich vom Blick auf seine Bewacher losgemacht und war nach unten, zum Briefkasten gelaufen. Die Zeitungsredaktion ließ ihn wissen, dass man bedauerlicherweise und mit sofortiger Wirkung auf seine Mitarbeit verzichten müsse. In den nächsten Tagen ginge ihm sein Arbeitszeugnis zu. Herr Powell, als sein direkter Vorgesetzter, werde sich bei ihm melden, um alles zu regeln.

Er schleppte sich die Treppenstufen zur Wohnung hinauf und ließ sich in die Kissen des Sofas fallen, wo er regungslos sitzen blieb, wie ein Boxer, der ohne Deckung und schwindlig nach einer Serie von Schlägen in den Seilen hing und den allerletzten, den alles entscheidenden Schlag erwartete, der ihn hinauskatapultieren, ihn von allem hier befreien und erlösen würde; ein finaler Schlag, der ihm das Bewusstsein rauben sollte für eine quälende, hässliche Gegenwart. Speichel begann sich in seinem halb geöffneten Mund zu sammeln. Er gab sich der tröstliche Phantasie des ohnmächtig geschlagenen Boxers hin. Dabei musste er sich immer wieder gegen seinen rebellierenden Verstand behaupten, der sich dreimalklug einmischte, um ihm eine andere Wirklichkeit unterzujubeln, die nichts von Boxkämpfen und Ringseilen, K.O.-Schlägen und rein gar nichts von tiefer Bewusstlosigkeit verstand. Dafür umso mehr von Einbrüchen, Kündigungen und sehr wahrscheinlich auch von herumlungernden Polizisten, die um Hauseingänge schlichen.

Georg hielt die Augen geschlossen. Alle Welt konnte sehen, in welchem Zustand er sich befand. Er war schwer angeknockt. An eine Fortsetzung des Kampfes war nicht zu denken. Die Ringglocke. Ja, natürlich! Georg hörte sie laut und deutlich. Das konnte nur eins bedeuten. Der Kampf war zu Ende. Wieder und wieder vernahm er ihren scharfen, durchdringenden Ton. Er spürte, wie das Bewusstsein allmählich in seinen schlaffen Körper zurückströmte, ließ aber die Augen lieber geschlossen.

Gegen das Dauerklingeln kam er nicht an. Georg befreite die kraftlosen Arme aus den Ringseilen, schluckte widerwillig den klebrigen Speichel, der ihm aus dem Mund zu fließen drohte, und stemmte sich hoch. Ein Schmerz flammte auf, als er mit dem Knie gegen den Couchtisch stieß. Er wischte mit dem Handrücken den Schleim vom Mundwinkel und ging humpelnd und mit schmerzverzerrtem Gesicht auf den Mistkerl hinter der Haustür los, der ihm seine süße Niederlage nicht gönnen wollte, und der in diesem Augenblick erneut die Klingel zum Schreien brachte.

„Mach schon endlich auf, Georg", hörte er Brian durch die geschlossene Tür bellen, „Ich weiß ja, dass du da bist!"

Georg öffnete, und Brian schob ihn sogleich beiseite, strich an ihm vorbei und zog dabei eine dünne Fahne seines Rasierwassers hinter sich her, dessen medizinische Note Georg für einen Augenblick würgende Übelkeit verursachte.

Mit dem Gefühl von Bleigewichten an den Füßen und einem Brennen unterhalb der Kniescheibe, folgte Georg ihm ins Wohnzimmer nach. Er beobachtete Brian, der zunächst Anstalten machte, auf dem Sofa Platz zu nehmen, sich nach einem prüfenden Blick auf den schmierigen Couchtisch jedoch anders entschied und sich stattdessen in dem kleinen Wohnraum umblickte. Nachdem er offenbar nicht gefunden hatte, wonach er suchte, sah er Georg fragend und mit leicht gerunzelter Stirn an. Georg meinte, in zwei abgründige blaue Bergseen zu blicken, über denen sich ein schwarzes Gewitter zusammenbraute. Um sich aus den Untiefen zu befreien, warf er einen kurzen Blick auf Brians schwarzglänzende Lackschuhe und stieß einen Gedankenblitz später die Worte hervor: „Sie beobachten mich."

Hatte ein Mensch je etwas so Törichtes gehört? fragte sich Georg anschließend selbst. Brian musste ihn jetzt wohl für komplett durchgeknallt halten; der nahm es aber scheinbar gelassen auf und fragte ruhig: „Wer denn?"

„Ich weiß nicht. Die Polizei, was weiß ich?", versuchte es Georg erneut.

Seit Brian hier war, war er sich auf einmal überhaupt nicht mehr sicher über das Erlebte. Was war Wirklichkeit und was hatte er sich vielleicht nur eingebildet? Die Angst war fort, jedenfalls für den Augenblick.

„Ich sehe nichts", hörte Georg Brians Stimme von nebenan. Georg ging bis zur offenen Küchentür. Brian stand mit dem Gesicht zum Fenster und blickte hinaus.

„Der Kombi", sagte Georg, „mit den getönten Scheiben."

Brian zuckte die Schultern.

„Gleich da unten", versuchte es Georg erneut. Brian drehte sich nach ihm um und blickte Georg fragend an. Georg trat neben ihn und spähte hinaus. Der Parkplatz vor der Änderungsschneiderei war verwaist. Georg spürte, dass Brian ihn musterte. Erst die Geschichte mit den verschwundenen Fotos, und nun begannen sich auch schon ganze Autos in Luft aufzulösen. In Georgs Kopf begann sich erneut alles zu drehen …

19. Kapitel

Es klopfte an Georgs Zimmertür. Hastig sprang er von seinem Stuhl am Fenster auf. Zu spät fiel ihm ein, dass er die Tür ja hatte offenstehen lassen, um für etwas Durchzug zu sorgen. Da stand sie. Sie, die ihn mit ihrer Frage ganz verwirrt hatte, weswegen er nun schon seit Stunden über seine Vergangenheit nachgrübelte und abenteuerliches, wirres Zeug träumte.

Ehe sie ihn für den Abend zum Barbecue einlud, stellte sie sich in Positur; sie hob einen Arm, stützte sich mit Hand und Ellbogen gegen den Türrahmen und forderte so seine Aufmerksamkeit, zwang ihn, indem sie eine dekorative Haltung einnahm, etwas genauer hinzusehen. Sie trug eine schwarze Schürze, die sich straff um ihre Taille wickelte und eine schwarze Bluse aus sehr leichtem Stoff, unter dem sich die Träger ihres BHs abzeichneten. Ihre Lippen erschienen ihm noch etwas feuriger als am Morgen.

„Ja, gern", mehr brachte er nicht zustande.

Lächelnd platzierte sie eine kleine Vase auf sein Nachtschränkchen. Dann machte sie auf dem Absatz kehrt, und Georg hörte wieder ihre Schritte auf den Holzstiegen.

Nachdem ihre Schritte verklungen waren, ging er zur Tür, pflückte eine der zierlichen Blumen aus der Vase und betrachtete die sternförmige blaue Blüte mit den mikroskopisch kleinen

Staubgefäßen, die golden aus der Mitte herausleuchteten. Vorsichtig legte er sie zwischen die Seiten seines Notizbuches und klappte es zu.

Es waren noch mindestens zwei Stunden bis zum Barbecue. Er machte es sich wieder am Fenster gemütlich und ließ den Blick über die grün bewaldeten Bergrücken schweifen. Er wollte seiner Tochter zum Geburtstag schreiben; der Gedanke war ihm tags zuvor während der Autofahrt gekommen. Er nahm Stift und Notizbuch vom Fensterbrett, so dass er vorbereitet war, sollte ihn eine Idee für den Brief anfliegen. Als er das in Leder gebundene Notizbuch aufschlug, rutschte das blaue Blümchen wieder zurück in seine Hand.

Am Abend sprach der Deutsche über den wilden Kontinent. Er hieß Uli, eigentlich Ulrich, und er war wirklich begeistert. Alles war großartig!

„Großartig – diese Landschaft! Großartig – diese Wildnis!", rief Uli aus.

Georg war das entschieden zu viel des Guten.

„Der Dschungel? Nicht für mich!", hörte Georg sich plötzlich sagen. „Wäre ich ein Tier", machte Georg sich Luft, „zöge ich den Zoo der Wildnis vor!"

Uli grinste. Weil er Georgs Bemerkung lustig fand oder nur weil er betrunken war. *Egal*, dachte Georg. Er war nur froh, dass sich Uli nicht den Spaß nehmen ließ, und er blieb auch bei seiner Meinung; alles war weiterhin großartig. Seine Wangen glühten dunkelrot in der Abendsonne. Georg selbst hatte sich den Nachmittag über zurückgehalten. Er nahm auch jetzt nur hin und wieder ein Schlückchen Rotwein, während Uli wie verrückt Bier und Wein in sich hineinschüttete, weiter über die großartige Natur redete, den großartigen Wein lobte und alles, was weniger als fünfzehn Promille hatte, zum Softdrink erklärte.

Georg verspürte im Augenblick keine besondere Lust, sich weiter zu betrinken; er hatte schon sehr früh heute damit angefangen. Für heute reichte es, dachte er bei sich. Er beobachtete Rosanna, wie sie hinter dem Grill mit einigen gewichtigen Fleischstücken hantierte. Dann und wann sah sie zu ihm herüber, und wenn sich ihre Blicke wie zufällig trafen, schienen Rosannas Augen Funken zu schlagen.

Gäste, die neu hinzukamen, wurden von den anderen mit familiärem Handschlag begrüßt, bekamen einen vertrauten Klaps auf die Schulter oder fielen sich freudig in die Arme. Georg brauchte nicht sehr lange, um das Geheimnis der heiteren Atmosphäre zu erraten, denn was immer auch auf der Terrasse vor sich ging, es geschah unter den flinken und wachsamen Blicken der Person, die, obwohl von allen am meisten beschäftigt, den eigentlichen Mittelpunkt dieser fröhlichen Zusammenkunft bildete: Rosanna! Kein Gast, der sich nicht beeilte, bald nach seiner Ankunft die Gastgeberin zu begrüßen, um sich dabei von ihrer charmanten Art bestricken zu lassen. Rosanna hatte für jeden, der sich ihr vertrauensvoll näherte, eine herzliche Geste und einige persönliche Worte. In ihrer Nähe schienen sich alle Gäste besonders wohl zu fühlen. Manch einer unter ihnen, der sich nicht lange genug an ihrer Freundlichkeit wärmen konnte, wurde von den Neuankömmlingen verscheucht oder, wenn es sein musste, auch weggetragen; es kam zu beinahe tumultartigen Szenen, die sich in herzhaftes Lachen auflösten.

Über das ausgelassene Treiben hinweg oder mitten hindurch blickte sie ihn an, amüsiert oder hilflos, verträumt, zuweilen erschöpft. Georg war ein zuverlässiger Fänger all ihrer Blickbotschaften.

Frank gehörte zu der kleinen Anzahl von Freunden, die Rosanna ihm persönlich vorstellte. Er war eine verwegene Erscheinung; haselnussfarbene Haut, breiter Nasenrücken und krauses schwarzes Haar, das er im Nacken zu einem Zopf zusammengebunden trug. Unter Franks hochgeschobenen Ärmeln lugten Unterarme hervor, die einem Preisboxer zur Ehre gereicht hätten. Frank war überall zu sehen, am Ausschank und auch hinter dem Grill, wo er Rosanna zur Hand ging, fürsorglich darum bemüht, dass sie hin und wieder eine kurze Pause machte. Frank war die gute Seele, Mädchen für alles, Fels in der Brandung.

Wann immer sich ihr die Gelegenheit dazu bot, gesellte sich Rosanna für einige Minuten zu Georg; dabei konnten sie sich aufmerksamer Blicke sicher sein.

Zu vorgerückter Stunde stand Rosanna, eingehüllt in eine rauchblaue Wolke, am Grill. Georg nahm sein Glas und leerte es in einem Zug. Frank schürte das Feuer, dessen roter Widerschein Rosannas Wangen zum Glühen brachte. Georg sah ein letztes Mal zu ihr hinüber, dann verließ er die Runde und ging ins Haus.

Das Fenster in seinem Zimmer stand offen. Das Plätschern und Gurgeln der von der Terrasse zu ihm heraufklingenden Stimmen ließen ihn an ein munter dahinströmendes Gewässer denken. Er setzte sich auf das Bett und las noch einmal den Brief aus Deutschland, lauschte noch einmal dem spröden Klang der Worte, die vorgaben, nichts anderes zu wollen, als Auskunft zu geben, ihn in Kenntnis zu setzen über die Tatsache seiner Vaterschaft. Keinesfalls wollten sie ihn beunruhigen, ihn zu einer übereilten Handlung überreden, hieß es. Nichts dergleichen, weder Schuld noch Pflicht, sollte aus den im Brief dargestellten Tatsachen oder aus ihren Worten sich ableiten lassen, versicherten die Großeltern wiederholt.

Es wäre ihm vielleicht doch lieber gewesen, Christine selbst hätte ihm diese Nachricht übermittelt, nicht ihre Eltern. Auch blieb es ihrer aller Geheimnis, warum erst fünf Jahre hatten verstreichen müssen, eh man es ihn wissen ließ. Offenbar wollte man es ihm selbst überlassen, seine Schlüsse daraus zu ziehen.

Dass sie ihm die Adresse ihrer Tochter mitteilten, nahm er als Fingerzeig auf ihren Wunsch, er möge Kontakt zu ihr aufnehmen. Und er war schließlich bereit, den kühlen, sachlichen Ton des Briefes, der ihn anfangs so befremdet hatte, zu entschuldigen. Es gab für ihn nicht wirklich Anlass, gekränkt zu sein. Es mochte viele Gründe geben, warum sie ihn so spät kontaktierten. Aber sie hatten es schließlich ja doch getan, und wie konnte er wissen, wie viele Schwierigkeiten sie dafür hatten überwinden müssen. Womöglich handelten die Großeltern ohne die Einwilligung, ja, wer weiß, vielleicht sogar gegen den ausdrücklichen Wunsch ihrer Tochter. Keine Erwartungen an ihn zu richten und es ganz ihm selbst zu überlassen, welche Schritte er unternehmen wollte, war ihnen sicherlich nicht leichtgefallen.

Schließlich musste er doch wieder an die alte Bauernkate denken, an den Teich, in dem sich das Mondlicht spiegelte und seinen raschen Aufbruch. Je länger er darüber nachsann, desto mehr taten ihm die beiden Alten leid; er sah sie vor sich, wie damals, unter der niedrigen Zimmerdecke, in all ihrer Sorge und zögerlichen Bedenklichkeit.

Die Abendsonne senkte sich rasch hinter den bewaldeten Bergrücken, um gleich darauf ihr Flammenmeer über dem Himmel zu entfachen. Die Himmelsglut war in Minutenschnelle wieder dahin, und Georg musste bald schon den Kopf tiefer über die Zeilen des Briefes neigen, bis seine Augen die Buchstaben und Worte nicht mehr auseinanderzuhalten vermochten.

Seine Idee, dem Brief gepresste Blüten beizugeben, hatte ihm Mut gemacht. Nun müsste er nur noch die passenden Worte dazu finden. Wo sollte er beginnen? Im Protestdorf etwa? Nein, das würde so ein kleines Geschöpf am Ende nur erschrecken. Vielleicht mit Brians Vorschlag: Ein neues Leben zu beginnen, in einer fremden, exotischen Welt, in der er sich inzwischen schon ganz gut auskannte und beinahe heimisch zu fühlen begann. Auch wenn seine Zimmerwirtin da offenbar anderer Meinung war.

„Wie wäre es zum Beispiel mit Australien?“

Australien! Wie absurd Brians Vorschlag in seinen Ohren im ersten Augenblick geklungen hatte! Nur dass er ruhig und besonnen wirkte und genau zu wissen schien, wovon er sprach, und Georg sehr schnell klar wurde, dass Brian es ernst meinte.

„Sydney, Georg.“

Georg stand mit dem Rücken zum Küchenfenster und nachdem ihn Brian aufmunternd angelächelt hatte, war sein Blick an Georg vorbei zum Fenster hinaus gewandert. War es Zufall gewesen, oder hatte er Georg an das Überwachungsszenario der vergangenen Tage erinnern wollen? So ahnungslos Brian sich gab, war er am Ende vielleicht gar nicht gewesen. Sollte es wirklich Zufall gewesen sein, dass das Auto vor dem Haus im selben Augenblick verschwand, in dem Brian vor Georgs Haustür erschienen war? Und statt verärgert auf Georgs Rausschmiss bei der Zeitung zu reagieren, hielt sich Brian gar nicht erst damit auf, ja, hielt das Ganze kaum einer Erwähnung wert. Stattdessen schilderte er Georg sogleich in den schönsten Farben eine Zukunft am anderen Ende der Welt. Aber Brians eigentliches Glanzstück lag nicht in der Ausschmückung eines fremden und entlegenen Kontinents, seines Klimas, seiner wilden zerklüfteten Landschaft, seiner eigentümlichen Kultur, nein, das Verführerische, das Zwingende seiner Rede war die reale Möglichkeit, dass all dies für Georg schon bereitlag. Georg brauchte nur einzuwilligen, gleichsam mit dem Finger zu schnippen und das alles würde Wirklichkeit: Visum, Arbeitserlaubnis, Job bei einer Zeitung; all das war, Brians Worten zufolge, kein Problem.

„Georg, versteh doch – du brauchst nur noch zuzugreifen!“

Alles hing im Wesentlichen davon ab, ob es Georg gelänge, das nötige Reisegeld zu beschaffen. Georg sollte alles daransetzen, es aufzutreiben. Bevor Brian die Wohnung verließ, musste Georg es ihm in die Hand versprechen.

Es gab für Georg nur eine mögliche Quelle, aus der das nötige Geld fließen konnte. Als er zum Telefon griff, stellte er sich seine Stiefmutter vor, so wie er sich an sie erinnerte. Das grüne Sommerkleid, das sich eng um ihre schmale Taille legte, das schwarze Haar, mit einem roten Band zu einem dicken Zopf geflochten, in Hamburg, das lag nun schon mehr als ein Jahr zurück. Er lauschte in die Muschel des Hörers, während er sich vorstellte, wie sie beim Klingeln des Telefons aufhorchte und vom Küchentisch aufstand, wo sie gerade in einem der vielen Kochbücher ein Rezept studierte, kleine Korrekturen und Verbesserungen hineinschrieb, nachdem sie das Gericht am Vorabend ausprobiert hatte. Sie läuft mit eiligen Schritten durch die hohen Räume, den langen Flur entlang, über geknüpfte und gewebte Teppiche, vorbei an Kunstdrucken in Messingrahmen. Sie betritt den hohen, hellen Wohnraum auf der Westseite, mit den bis zum Boden hinabreichenden Fenstern, hält für einen Moment inne und schenkt der grau und träge dahinziehende Elbe einen andächtigen Blick, ehe sie den Hörer hebt, und Georg ihre vertraute Stimme vernimmt.

„Georch!", wie sie seinen Namen sagte, das tat ihm so gut!

„Wie schön", sagte sie, ganz nah an seinem Ohr, „dass du dich mal meldest."

Zwei Tage später saß Georg im Zug nach Hamburg. Einige Minuten blickte er auf den menschenleeren Bahnsteig hinaus, wo zwischen unzähligen Zigarettenstummeln zwei Tauben ziellos umherliefen, mal hierhin, mal dorthin pickend. Als der Zug mit störrischem Ruckeln endlich anrollte, griff Georg nach den vergilbten Seiten einer Tageszeitung im Gepäcknetz. Eine

Gruppe Jungsozialisten, so stand dort zu lesen, war in das Protestdorf im Wendland gefahren und hatte sich spontan mit dessen Bewohnern verbrüdert. Kaum aber hatte die Parteiführung Wind vom frechen Alleingang ihres Nachwuchses bekommen, hatte sie die Abtrünnigen streng zur Ordnung gerufen; die Renegaten waren sogleich reumütig und ohne viele Umschweife in den Schoß der Mutterpartei zurückgekehrt. Georg warf einen Blick auf das Datum am Seitenrand; die geschilderten Ereignisse waren bereits Geschichte, das Protestdorf schon vor Tagen gewaltsam geräumt und planiert, die Bewohner in alle Winde zerstreut.

Das anfängliche Holpern und Schlingern des Zuges hatte aufgehört, die Räder schlugen einen gleichmäßigen Takt auf die Schienenfugen, vor dem Fenster bogen sich Sträucher und Hecken, Gärten und Hinterhöfe flogen vorbei.

Der entscheidende Schritt, das nötige Geld aufzubringen, war gemacht. Sein Vater hatte ihm die Summe bereitwillig gegeben und seine Stiefmutter hatte, still und leise, ganz nach ihrer Art, noch einmal Geld in derselben Höhe an Georg überwiesen.

Tante Monika. Nach dem Tod ihrer Schwester hatte sie alles getan, Georg die Mutter zu ersetzen. Und sie war so sanft und zärtlich, wie eine Stiefmutter nur sein konnte. Sie strich ihm über das Haar und über die Wangen, küsste eine Träne fort, hauchte ihm einen Gutenachtkuss zu oder flüsterte ihm eine Liebkosung ins Ohr. Nur eines tat sie nicht, sie raufte nicht mit ihm; etwas, was der kleine Georg lang und ausgiebig mit seiner Mutter getan hatte. Sooft er an sie dachte, fielen ihm jedes Mal die Raufereien ein, die nicht selten mit kleineren Blessuren, mit Geheule und Geschimpfe endeten. Für den kleinen Wildfang konnte es nichts Vergnüglicheres geben; nun bildeten diese wilden Szenen den größten Teil seiner ohnehin spärlichen Erinnerungen an sie. Wäre er damals älter gewesen, wären es vielleicht Worte und Gespräche gewesen. Doch so waren es fast immer nur diese kleinen Kämpfe. Wo war dieser Raufbold von damals geblieben? Was würde seine Mutter heute wohl über ihn denken, würde sie ihn überhaupt noch wiedererkennen? Was war mit seinen Erinnerungen? War den Bildern, die er im Kopf trug, denn überhaupt zu trauen? Und dann mit einem Mal ist sie da, die Mutter, streckt ihm ihre schwachen Arme entgegen, zieht ihn an sich, hält ihn fest. Es ist ihr letzter gemeinsamer Sommer, ihre Entkräftung und im schroffen, verletzenden Kontrast dazu die üppige, aufblühende Natur ringsumher. Ihr letzter gemeinsamer Urlaub: Am Spülsaum, in den Prielen, den Eimer voll mit Muscheln, Schneckenhäusern, bunten Kieseln. Zwei Wochen an der Nordsee. Die Mutter steht auf der Düne. Sie winkt ihm zu.

Das helle Klirren eines Glases, das auf dem Steinboden der Terrasse zersprang, weckte ihn aus seinen Gedanken. Er lauschte gebannt in die Dunkelheit. Nur das Zirpen der Grillen war zu hören. Was war eigentlich mit ihm los? Seit er hier war, in Rosannas Gästehaus, sprudelten die Bilder von früher nur so aus ihm hervor: Erlebnisse, die längst vergessen schienen, Eindrücke aus seiner frühesten Kindheit wurden wach. Aber er war allein mit seinen Gedanken und Gefühlen. Vielleicht wäre es gut, wenn er jemand hätte, dem er sich anvertrauen könnte. Aber, so wie es aussah, wäre er wohl allein.

Es klopfte leise an seine Tür, und er setzte sich auf. Die Tür öffnete sich einen Spaltbreit und er hörte eine Stimme flüstern …

20. Kapitel

Esther hatte vorgehabt, ein langes Wochenende an der Ostsee zu verbringen. Zu Beginn der Woche überraschte sie Hanna mit der Frage, ob *sie* nicht an ihrer Stelle fahren wollte, denn ihre Schwester habe sich bei ihr angekündigt und käme sie für einige Tage besuchen. Anfangs wusste Hanna nicht genau, ob sie sich über Esthers Vorschlag freuen sollte, sie war doch mehr erschreckt als begeistert bei dem Gedanken, ganz allein irgendwo hinzufahren. Dann aber hatte Esther begonnen, ihr von dem gemütlichen Ferienhäuschen am Meer zu erzählen, vom halb verwilderten Garten und dem knorrigen Kirschbaum. Und als Esther die Idee hatte, Hanna könne doch Alexander fragen, ob er nicht Lust habe, sie dort zu besuchen, konnte sie sich durchringen zu fahren, und sie willigte ein.

Zwei Tage später war sie mit Herzklopfen unterwegs. Sie fädelte sich in den Verkehr Richtung Norden ein und schaltete das Radio an:

„In den kommenden Tagen zieht ein Tief über Irland hinweg und weiter nach Osten. Im Norden Deutschlands wird es schon in der kommenden Nacht zu ergiebigen Regenfällen kommen. Am Morgen ist mit Sturm, in Küstennähe von Nord- und Ostsee auch mit Böen in Orkanstärke zu rechnen ...“

Hanna schob die Sonnenblende etwas höher und blinzelte ungläubig in den makellos blauen Himmel. Seit Tagen hatte es nicht geregnet. Sie drückte am Radio herum und lauschte den letzten Takten von Louis Armstrongs „Wonderful World“, leider viel zu kurz, um ihr wenigstens noch eine kleine Träne zu entlocken.

Unter der Elbe wurden die Autos stetig langsamer, bis endlich das Tunnelende in Sicht kam. Hinter Hamburg verebbte nach und nach der Strom der Reisenden, und bald schon fand sie sich fast allein auf der Autobahn. Auf der Brücke, hoch über dem blau schimmernden Nord-Ostsee-Kanal, musste sie an den Urlaub vor fast zwei Jahren denken. Stephan und sie waren damals schon gleich hinter der Brücke in Richtung Ostsee abgebogen. Für sie folgte jetzt also echtes Neuland.

Sie riskierte einen flüchtigen Blick neben sich: Dort, auf dem Beifahrersitz stand der Einkaufskorb mit Reiseproviant; obenauf lag der Zettel mit der Wegbeschreibung und der von Esther angefertigten Skizze, wo Hanna den Hausschlüssel suchen sollte. Und das Augenpaar im Rückspiegel? Ja, sie selbst. Also: – allein! Das erste Mal, dass sie ganz allein verreiste. Hatte es vielleicht etwas mit den Briefen zu tun? War da vielleicht etwas vom Vater in ihr, Abenteuerlust oder Fernweh …? Gut, das hier war die Ostsee – nicht Australien. Aber dennoch: Sie mit dem Auto, er im Flugzeug …

Der Himmel tuschte zarten Purpur über die Geltinger Bucht, und die Ostsee zog einen dunkelgrünen Strich darunter. In der Sonne aufblitzende Segel sprenkelten den Horizont.

Die verschlossenen Strandkörbe, der menschenleere Strand, die verwaiste Uferpromenade, das verwitterte Plakat, „Schleswig-Holsteins populärster Circus". Sie suchte sich einen Platz hinter einem der Strandkörbe, zog die Kleider aus und lief in die Wellen.

In der Nacht war der Sturm da. Hanna hörte den Wind ums Haus heulen. Die Knospen und Zweige der Kletterrose schlugen hart gegen die Fensterscheiben. Sie zog die Bettdecke über den Kopf und schlief wieder ein.

Am Morgen lief sie zu Fuß die wenigen Hundert Meter zum Strand. Die Strandkörbe drängten sich jetzt Schutz suchend dicht an die Dünen, wo sie den heranrollenden Wellen den Rücken zukehrten. Der Brandungsdonner war ohrenbetäubend. Unter dem düstergrauen Wolkendach jagten Wolkenfetzen dahin, und ab und zu blitzten Sonnenstrahlen hindurch.

Sie ließ Socken und Schuhe versteckt im Dünengras und lief mit aufgekrempelten Hosenbeinen durch den schlickigen Sand. Die salzige Gischt spritzte ihr ins Gesicht und brannte auf ihren Lippen. Sie zog die Kapuze enger. Sie lief der sprudelnden und schäumenden Flut entgegen und wieder davon, doch die Wellen waren schneller, und bald waren ihre Hosenbeine durchtränkt. Ihre Haut roch nach Muscheln und Seegras und erschöpft ließ sie sich in die Dünen fallen.

Zum Abendbrot kaufte sie sich zwei Fischbrötchen. Sie öffnete eine Flasche Bier und machte es sich an dem kleinen Esstisch im Wohnzimmer gemütlich. Mehrmals versuchte sie Alexander mit dem Handy zu erreichen, hatte aber keinen Empfang. Im Regal stand eine Handvoll Bücher. Sie zog ein Taschenbuch mit Kurzgeschichten heraus und machte es sich auf der Couch bequem. In den Blättern des alten Kirschbaums vor dem Fenster sammelten sich die letzten goldenen Sonnenstrahlen. Die salzige Seeluft und das Laufen in der Brandung hatten sie müde gemacht. Schon nach den ersten Zeilen wurden ihr die Lider schwer, und die Buchstaben verschwammen vor ihren Augen. Sie schob das Buch beiseite und ließ den schweren Kopf auf die Kissen sinken.

Bei Einbruch der Dämmerung stieg sie die Treppe zum Schlafzimmer hinauf. Sie hörte, wie der Wind erneut auffrischte; er tobte unentwegt ums Haus, heulte wild um den Schornstein, riss und zerrte an Ziegeln und Traufe und rüttelte kräftig an den Fensterläden. Als sie erwachte, war es tiefe Nacht.

Schlaftrunken stieg sie die Treppe hinab. Die Möbel im Wohnzimmer schwammen im fahlen Mondlicht. Beim Öffnen der Terrassentür wehte ein kühler, feuchter Wind herein und zerzauste ihr Haar. Über das Rauschen der Blätter im Kirschbaum hinweg hörte sie das Brausen der Brandung. Es war wie ein Rufen. Es zog sie hinaus. Sie wollte dort hin. Sie fühlte sich mit einem Mal so lebendig. Rasch schlüpfte sie in Hose und Schuhe und streifte die Regenjacke über. Als sie vor das Haus trat schlug der Wind die Tür hinter ihr zu. Entschlossen warf sie sich den Böen entgegen. Sie verbarg die Hände in den Jackentaschen und hielt den Oberkörper schräg nach vorn gegen den anstürmenden Wind. Zweige peitschten durch die Luft, griffen weit aus, über dem schmalen Weg. Als sie endlich die Uferpromenade erreichte, warfen sich die anlaufenden Wellen über den Sand und bis hinauf an den Rand der Dünen. Über den schwarzen Wellenkämmen leuchteten bleich die Schaumkronen.

Zum Morgen hin hatte sich das Wetter beruhigt, der Wind ruhte sich in den Baumwipfeln aus. Der Himmel war wie blank geputzt, und die Mauersegler flitzten schrillend darüber hin. Hanna trank den Kaffee in der Morgensonne auf der Terrasse. Sie bekam Empfang auf dem Handy, wenn auch mit üblen Störungen; es knisterte und rauschte, und immer wieder fehlten Silben oder ganze Worte. Alexander, soviel war zu verstehen, würde am Abend eintreffen. Nachdem sie Gewissheit darüber erhalten hatte, dass er tatsächlich käme, hielt es sie keine Sekunde länger an ihrem Platz auf der Terrasse. Sie hüpfte ins Schlafzimmer hinauf und nahm freudig das Bündel Briefe aus der Reisetasche.

Sie setzte sich an den vergrauten Holztisch unter dem Kirschbaum und löste das Schleifenband, mit dem sie die Briefe verschnürt hatte. Dann nahm sie das Küchenmesser zur Hand. Die Spitze fand eine Lücke und die Klinge glitt mühelos durch den sandfarbenen Umschlag.

Sie brauchte nicht lange auf die Stimme des Vaters zu warten, Schon nach wenigen Zeilen hatte sie den Eindruck, als hörte sie ihn zu ihr sprechen. Als er erzählte, wie gern er ihre kleine Kinderhand genommen hätte, um mit ihr zum Fluss hinunter zu gehen, fühlte sie den leisen Druck seiner Hand, und sie sah vor sich die Spiegelung der Uferböschung und ihr eigenes Gesicht, das eines kleinen Mädchens, und daneben das Gesicht eines jungen Mannes, sonnengebräunt, mit einem Hut aus Kaninchenfell. Und sie hätte nie von dort fortgewollt, wäre lieber noch in dieser Vorstellung, in diesem Bild verweilt. Doch die Geschichte wollte es anders, wollte, dass es weiter ging und nahm sie mit sich fort. Und so musste sie den Platz am Fluss wieder verlassen und die steile Uferböschung erklimmen. Auf dem Feldweg wartete Frank schon mit laufendem Motor…

Nachdem sie den Brief zu Ende gelesen hatte, fuhr sie nach Kappeln, um für das Wochenende einzukaufen. Sie wollte ein Rezept aus dem Kochbuch ausprobieren, das sie auf einem Regalbrett in der winzigen Küche gefunden hatte. Tatsächlich bekam sie alle Zutaten, sogar die Jakobsmuscheln. Glücklich über ihren Erfolg, machte sie sich sofort an die Vorbereitungen für das gemeinsame Abendessen.

Die Dämmerung hatte bereits eingesetzt. Hanna war einige Male auf die Straße hinausgetreten, um zu sehen, ob sie Alexanders Auto sah. Aber da war nichts als der regennasse Asphalt, der verlassene Spielplatz auf der gegenüberliegenden Straßenseite und das Maisfeld dahinter. Als sie das letzte Mal hinausgetreten war, waren bereits die Straßenlaternen aufgeflammt. Er hatte vor einer halben Stunde angerufen, da war er schon an Schleswig vorbei. Sie stand gerade in der Küche, als sie das Knirschen der Reifen in der Auffahrt vernahm.

Hanna hatte den kleinen Esstisch gedeckt. Im Geschirrschrank hatte sie silberne Serviettenringe und gestärkte weiße

Servietten gefunden. Vom Strand hatte sie einige Miesmuschel-schalen mitgebracht, die sie zwischen den Tellern verteilte, mit der perlmutternen Seite nach oben, wo sie auf der blauen Tisch-decke wie kleine silberne Schiffchen schimmerten.

„Und, was steht drin?"

Hanna verstand die Frage erst nicht. Sie schaute von ihrem Teller auf und folgte Alexanders Blick zum Stapel Briefe auf der Fensterbank. Vor ihr tauchte wieder die staubige australische Savanne auf, die beiden Männer im Auto, Frank mit der Täto-wierung, und daneben ihr Vater. Das verwitterte Holzhaus. Ale-xander trank einen Schluck Weißwein. Sie betrachtete seine muskulösen Hände und beobachtete, wie er ein Stück von dem weißen Muschelfleisch schnitt und genüsslich in den Mund schob.

„Das schmeckt gut", dabei gabelte er ein weiteres Stück auf und betrachtete es im goldenen Schein der Kerzenflamme.

"Was ist das?"

„Jakobsmuschel."

Er würde hoffentlich nicht noch einmal nach den Briefen fra-gen; vielleicht hatte er ihr Schweigen richtig gedeutet, und ahnte, dass sie im Augenblick lieber nicht über die Briefe spre-chen wollte. Die Eindrücke waren noch zu frisch, und sie hatte ja auch noch gar nicht alle gelesen. Der Brief zu ihrem acht-zehnten Geburtstag war noch immer verschlossen. Sie erwartete sich von diesem letzten Brief etwas Besonderes, eine Art Schlusswort, vielleicht schilderte er eine besonders anrührende Begebenheit. Nach der Lektüre würde sie Rückschau halten können; schließlich hielte sie dann ja auch einen beträchtlichen Zeitabschnitt in Händen, beginnend mit ihrem fünften Geburts-tag bis zu ihrem achtzehnten Lebensjahr. Andererseits bereute sie schon jetzt, dass das Ende der Lektüre nahte. Tröstlich daran war nur, dass es in den Briefen im Grunde ja um ihre eigene

Geschichte ging, die mit den Zeilen des Vaters nicht einfach so aufhörte, vielmehr würde sie erst richtig beginnen, wenn …

„Und die Soße?", wollte Alexander wissen.

„Was?", fragte sie verwirrt.

„Die Soße …?", wiederholte er seine Frage.

„Ach so, ja. Crème fraîche mit Orange und Knoblauch."

Alexander tippte auf eine der Muschelschalen und ließ sie tanzen. Hanna machte es ihm nach, und als sich ihre Schiffe begegneten, tastete Alexander sacht nach ihrer Hand und Hanna genoss die Berührung seiner Fingerspitzen, die zärtlich auf ihrem Handrücken spielten. Die Kerzen hatten die Luft im Zimmer merklich aufgeheizt. Sie konnte es kaum erwarten, ihm ganz nah zu sein.

21. Kapitel

Die Morgenluft war noch kühl. Ein sachter Wind strich über die Wiesen. Es roch nach frisch geschnittenem Gras. Sie lagen in den Dünen, rauchten und kitzelten sich gegenseitig mit den Halmen vom Strandhafer. Ein Traktor kurvte umher, pflückte die Strandkörbe von den Dünen und verteilte sie über den Strand. Sie lagen auf dem Rücken und blinzelten in das gläserne Blau des Himmels. Manchmal, wenn der Wind das Tuckern des Traktors forttrug, war es ganz still und nur das Rascheln des Strandhafers war zu hören. Alexander berührte sie sacht am Arm; er wollte schwimmen.

Sie hob die Hand gegen das Licht und beobachtete ihn dabei, wie er sich auszog. Bei jeder Bewegung spannten sich seine Sehnen und Muskeln. Er stand am Rand der Düne mit dem Rücken zu ihr und spähte zum Meer hinab, hob und senkte einige Male die breiten Schultern, legte den Kopf in den Nacken und ließ die ausgestreckten Arme kreisen. Als er die Düne hinablief, ließ Hanna sich in den Sand zurücksinken und schloss die Augen. Einige Augenblicke später hörte sie das rhythmische Plätschern des Wassers und kurz darauf den Aufprall seines Körpers auf der Wasseroberfläche.

Nach einer Weile stemmte sie den Oberkörper hoch und ließ den Blick wandern. In den Prielen, die der Sturm zurückgelassen hatte, stelzten einige Silbermöwen umher. Andere hockten regungslos auf dem Wasser und blinzelten mit starren Augen über die spiegelglatte See.

Mit dem schönen Wetter hatten sich auch einige Sommergäste eingefunden, ließen sich wählerisch zwischen den Strandkörben nieder oder stolperten unsicher im seichten Wasser umher. Nur wenige waren mutig und tauchten für ein paar hastige Schwimmzüge ein. Alexander hatte die hintere Sandbank erreicht und watete durch das knietiefe Wasser.

Hanna fischte das Kuvert aus der Badetasche. Sie hielt den Briefbogen ins Sonnenlicht. Etwas enttäuscht sah sie noch einmal im Umschlag nach, aber es blieb bei diesem einzelnen Blatt.

Nachdem sie die Zeilen ein zweites Mal gelesen hatte, rollte sie sich auf dem Handtuch zur Seite und blieb regungslos liegen. Die Sonne brannte erbarmungslos auf ihre bloßen Arme und Beine herab; sie hatte das Gefühl, verdorren zu müssen, wenn nichts geschah, wenn nicht Alexander bald käme, um sie zu retten. Die letzten Zeilen des Briefes schwirrten wie ein Schwarm garstiger Vögel in ihrem Kopf umher. Hanna sei jetzt volljährig, hieß es dort, und er habe nicht die Absicht, ihr weiterhin zu schreiben, wenn ja doch immer keine Antwort käme. Er hätte sehr auf ein kleines Zeichen von ihr gewartet, in all den Jahren, und war schweren Herzens zu dem Entschluss gekommen, nicht mehr zu schreiben, da sie nun inzwischen alt genug wäre, ihre Entscheidungen selbst zu treffen. Sie solle wissen, dass er sich nichts sehnlicher wünsche, als endlich einmal von ihr zu hören. Mehr als diese leise Hoffnung bliebe ihm schließlich nicht mehr.

Die heitere Hochstimmung, in die sie die Lektüre der Briefe bis dahin immer wieder versetzt hatte, war schlagartig dahin. Wie hatte sie das nur übersehen können? Das lange Warten, die vielen Jahre, ohne ein einziges Wort von ihr. Nicht auszumalen, wie groß die wiederholte Enttäuschung für ihn gewesen sein musste. Briefe in eine lieblose Leere waren es gewesen; liebevolle Worte, die achtlos unter die Matratze gesteckt wurden, nie gelesen, nie beantwortet …

Als Alexander schließlich kam, fand er sie weinend im Sand. Ihre Arme und Beine waren stark gerötet. Er half ihr, sich aufzusetzen und gab ihr zu trinken. Schützend breitete er ein Handtuch über sie. So saßen sie eine Weile schweigend nebeneinander.

Aber sie war noch nicht bereit, alles mit ihm zu teilen; erst musste sie selbst einmal verstehen, was geschehen war; danach würde sie ihm vom Vater erzählen können, über seinen Schmerz, seine Enttäuschung. Ihnen blieb noch ein Tag am Meer, und den wollte sie mit Alexander genießen. Sie wischte sich mit dem Handtuchzipfel eilig die Tränen weg und versuchte, ihn mit einem Lächeln zu beruhigen; er sollte sich keine Sorgen machen um sie, ein bisschen Schlaf würde sicher genügen. Er schien jedoch nicht überzeugt und blickte ernst über die See. Das Beste wäre wohl, wenn sie bald aus der Sonne herauskäme, meinte er. Auf dem Weg zum Auto fröstelte es sie. Über den Autos auf dem Parkplatz flimmerte die Luft. Alexander breitete Handtücher über die glutheißen Sitze, bevor sie einstiegen durfte. Die Fahrt war kurz, aber es reichte für einen heftigen Schweißausbruch. Im Haus fror sie gleich wieder, und sie musste sich hinlegen.

Die Vorhänge im Wohnzimmer waren geschlossen. Im Halbschlaf glaubte sie, die Terrassentür zu hören und auch Schritte auf der Treppe zu vernehmen. Sicher wollte Alexander sich auch ein wenig ausruhen.

Schlaftrunken wäre sie beinahe über seine Reisetasche gestürzt, die auf einmal im Flur stand. Auf dem Weg ins Badezimmer sah sie ihn bei geöffnetem Fenster am Küchentisch, rauchend. Durch das angekippte Badezimmerfenster hörte sie das Stimmengewirr der Urlauber, die vom Strand zurückkehrten, das Lachen und Plärren von Kindern, unterbrochen von den ermahnenden Worten der Eltern. Der Chor wurde begleitet von scheppernden Schaufeln, rumpelnden Bollerwagen und hellen

Fahrradglöckchen. Sie hätte sich über das lebhafte Treiben eigentlich freuen müssen, aber im Augenblick schmerzte sie das kleinste Geräusch. Es war, als hätte sie einen Schwarm böser Fliegen im Kopf, und ihre linke Gesichtshälfte war gerötet und brannte wie Feuer.

Bei der offenen Küchentür blieb sie stehen. Sie lehnte sich ans Treppengeländer, alle Aufmerksamkeit darauf gerichtet, nicht umzufallen. Sie bekam kaum mit, was er sagte. Seine Worte drangen nicht gleich zu ihr durch, sie mussten sich erst einen langen Weg bahnen, und Hanna musste genau aufpassen, dass sie dabei nicht verloren gingen. Er sprach von Vertrauen und Nähe und auch von Briefen. Sie machte sich wenig Hoffnung, etwas davon zu behalten, um es später vielleicht noch einmal zu überdenken. Schließlich wünschte sie nur noch, der Fluss der Wörter möge endlich versiegen. Völlig erschöpft bat sie ihn, sie wieder schlafen gehen zu lassen. Als die Haustür hinter ihm ins Schloss fiel, schwanden ihr die Sinne und sie versank in den Fluten ...

Die Reinigungsfrau, den wulstigen Körper in eine geblümte Kittelschürze gezwängt, stand über ihr Bett gebeugt und redete auf sie ein. Hanna warf einen schnellen Blick auf ihre Armbanduhr. Es war fast Mittag. Nachdem es ihr mit Mühe gelungen war, sich einen Weg vorbei an der stämmigen Matrone aus dem Zimmer zu bahnen, eilte sie durchs Haus, um ihre Sachen einzusammeln und wahllos in die Reisetasche zu stopfen. Die Dicke, stampfend und schnaubend, kreuzte immer wieder ihren Weg.

Vor dem Elbtunnel: Stau. In den Autos, Familien und junge Paare, lackierte Fußnägel auf Armaturenbrettern, lässig herausgehaltene Zigaretten, Lkw-Fahrer mit entblößtem Oberkörper, greinende Kinder hinter getöntem Glas und Sugardaddys neben kuhäugigen Blondinen in SUV - Boliden. Hanna bemühte sich, von alldem so wenig wie möglich mitzubekommen.

Aus dem Rückfenster im Wagen vor ihr lugten zwei krause Kinderköpfe, aber ihr war jetzt nicht nach Winken zumute. Sie machte ein paar Grimassen. Das ging eine Weile gut, dann drehten die Gesichter nach vorn und es wurde gepetzt. Und aus freundlichen Kindern wurden böse Kinder, aus winkenden Händen lange Nasen, und aus den Mündern schlackerten rosige Zungen.

Die Familienkutsche zuckelte ein Stückchen weiter, und Hanna ließ eine Lücke, die sofort von einem Alten in einem kühlschrankweißen Porsche okkupiert wurde, der sich aber bei seinem schwungvollen Manöver verschätzte und nun gleich zwei Fahrspuren blockierte. Auf der Außenspur gab es ein kräftiges Hupkonzert, in das Hanna fröhlich mit einstimmte. Gerade als es ihr so richtig Spaß zu machen begann, löste sich der Stau auf. Der Porscheopa hatte es nun sehr eilig und preschte davon.

22. Kapitel

Ergeben folgte sie Esther in die kleine Sitzecke im Büro. Hanna erzählte ihr von ihren Erlebnissen an der Ostsee, vom Tag mit Alexander am Strand und von seiner Abreise. Es waren nur Bruchstücke, ohne Zusammenhang. Wenn sie versuchte, sich an Einzelheiten zu erinnern, war es, als blickte sie gegen eine Wand von gleißendem weißen Licht, vor der sich nur wenige Details abhoben: Da war das Flimmern der Luft auf dem Parkplatz, die Fahrt im stickigen Auto, Alexanders gepackte Reisetasche im Flur, über die sie beinahe gestürzt wäre und Alexander selbst, der am Küchentisch saß und Rauch in die Luft blies. Dann nichts mehr.

Wie beiläufig fragte Esther nach Hannas Mutter. Vermutlich um sie auf andere Gedanken zu bringen. Und Hanna gab bereitwillig Auskunft. Da war ihre kurze Begegnung mit der Nachbarin der Mutter im Hausflur. Als sie auf den Besuch ihrer Mutter bei den Großeltern zu sprechen kam, stutzte Hanna und hielt inne. Esther, die aufmerksam zugehört hatte und ihr Zögern bemerkte, wollte es gern genauer wissen. Hanna musste erst eine Weile überlegen. Sie hatte selbst noch nie genau darüber nachgedacht, was dieser Besuch eigentlich bedeutete. Aus der Tiefe stiegen verschwommen Kindheitserinnerungen in ihr auf, einzelne unscharfe Bilder, wie aus einem dichten Nebel: Obstbäume – ein Teich mit einem Steg – der Großvater mit einem Stock oder einer Angel, die er über das Wasser hielt – ein Stall, Schafe, ihr Moschusgeruch.

Es waren ihre frühesten Erinnerungen, allererste Eindrücke eines kleinen Mädchens. Sie war vier oder fünf Jahre alt. Zu dieser Zeit etwa musste der Kontakt zu den Großeltern abgerissen sein. Sie konnte Esther nicht viel darüber sagen. Die Erinnerungen waren zu blass. Einzig das Foto, das Hanna mit dem neuen Fahrrad zeigte, war ein halbwegs beredtes Zeugnis für Hannas frühesten Lebensabschnitt: Das Fahrrad war ein Geschenk der Großeltern gewesen.

Esther hatte sie mit ihrer Frage nach den Großeltern auf etwas gestoßen, worüber sie bisher nie wirklich nachgedacht hatte. Ein Geheimnis, das im Dunkeln lag. Noch am Abend in ihrer Küche brütete sie über der Frage, welche Rolle die Großeltern damals gespielt haben mochten. Ihre eigenen wenigen Kindheitserinnerungen brachten sie auf ihrer Suche nach der Wahrheit nicht weiter; alles war viel zu vage und zu lose verknüpft, um irgendetwas Sinnvolles daraus weben oder gar schlussfolgern zu können. Der erste Brief des Vaters an Hanna und das Zerwürfnis zwischen der Mutter und den Großeltern fielen zeitlich in etwa zusammen. Was mochte damals vorgefallen sein? Die Mutter hatte nie über den eigentlichen Grund des Zerwürfnisses gesprochen, sie hatte sich stets nur in düsteren Anspielungen geäußert: Dass die Großeltern sich sehr ungerecht verhalten hätten. Und Hanna selbst hatte sich immer mit einbezogen gefühlt, aufseiten der Mutter, hatte bedenkenlos und bereitwillig ihrem Urteil vertraut, ohne sich jemals zu fragen, worum es in dem Streit damals wirklich gegangen war. Sie merkte, dass sie hier allein nicht weiterkäme. Etwas trübsinnig geworden, machte sie sich daran, das Abendbrotgeschirr abzuräumen. Ein bisschen frische Luft würde ihr jetzt guttun, dachte sie.

Es war bereits dunkel, als sie aus dem Hauseingang trat. Kaum war sie auf der Straße, war sie auch schon unterwegs zu Alexanders Stammkneipe. Seit ihrer Rückkehr von der Ostsee, war sie den Gedanken an ein Wiedersehen mit ihm beständig immer wieder ausgewichen. Nun aber fühlte es sich halbwegs richtig an, und sie wollte ihn sehen. Als sie die schmale Gasse erreichte, in der Alexanders Stammlokal lag, leuchtete ihr schon von Weitem die gewundene, blaue Neonröhre über der Kneipentür entgegen, und sie fühlte sich nervös und unsicher. Unwillkürlich verlangsamte sie den Schritt.

Schließlich überwand sie sich und trat ans Fenster. Da war er, Alexander. Ihr Herz machte einen Sprung. Er saß mit dem Rücken zu ihr an der Bar. Und neben ihm? Kerstin? Henrik, der Barmann, sagte irgendetwas zu Alexander. Kerstin sah Alexander an und lachte. Lachte ihr freches, aufdringliches Lachen. Jetzt lachte auch Henrik. Sein Blick wanderte zwischen Kerstin und Alexander hin und her, während Kerstin offenbar nur Augen für Alexander hatte und ihn unentwegt anstrahlte. Alexander schrieb etwas mit dem Finger in die Luft, und die beiden anderen mussten erneut lachen. Henrik hielt sich dabei die Hand vor den Mund, und Kerstin, die tat, als fiele sie jeden Augenblick von ihrem Hocker, legte dreist und ungeniert die Hand auf Alexanders Schulter. Hanna wurde klar, dass sie hier vor der Scheibe nicht länger verweilen konnte; sie musste dem ein Ende bereiten. Sofort.

Beim Eintreten drehten sich Alexander und Kerstin zu ihr um, und Kerstins Gesicht verzog sich sogleich zu einem breiten, falschen Grinsen.

Alexander glitt von seinem Barhocker und kam ihr lächelnd entgegen. Zur Begrüßung gab er ihr einen Kuss auf die Wange. Kerstin wühlte unterdessen geschäftig in ihrer Handtasche. Während sie neben Alexander am Tresen Platz nahm, konnte Hanna Kerstin im Spiegel über dem Flaschenregal beobachten, wie sie sich hektisch eine Zigarette anzündete. Henrik, der mit etwas unterhalb vom Tresen beschäftigt gewesen war, tauchte wieder auf, zwinkerte ihr zu und stellte vier Schnapsgläser auf die Bar.

„Tequila! Ich gebe einen aus", lächelte er. Diesmal hielt er sich die Hand nicht vor den Mund, und Hanna konnte seinen abgebrochenen Schneidezahn sehen.

Nachdem sie getrunken hatten, verabschiedete sich Kerstin eilig, mit der knappen Bemerkung, dass sie am morgen früh raus müsse und war schon aus der Tür hinaus, ehe noch jemand etwas sagen konnte.

Alexander sah Hanna grüblerisch an.

„Und was wird aus uns?", war Alexanders vage Frage.

„Ich würde auch gern gehen", sagte Hanna.

Sie fühlte wie ihr Tränen in die Augen stiegen, als ihr plötzlich bewusstwurde, wie einsam sie gerade eben noch gewesen war. So verloren, wie vor wenigen Minuten draußen vor dem Fenster, war sie sich in ihrem Leben noch nicht vorgekommen. Alexander stand auf und sah sie an. Im selben Augenblick löste sich eine Träne aus ihrem Auge und rollte herab. Er strich ihr sanft über das Haar und küsste sie auf die feuchte Wange.

Auf dem Weg durch den finsteren Garten streckte sie kurz die Hand aus und tastete nach der schorfigen Rinde des Birnbaums. Sie suchte nach einem Verbündeten; sie wollte sichergehen, dass sie wirklich hier war, in Alexanders verwunschener, kleiner Oase.

Das Päckchen, das Alexander aus dem Regal hob, war flach und in schlichtes braunes Papier eingeschlagen. Er hielt es ihr hin, und sie nahm es in beide Hände. Unter dem Papier kam ein Bildband über Australien zum Vorschein. Während Hanna darin blätterte und in Gedanken in der glühenden australischen Savanne umherirrte, zog Alexander eine Flasche Rotwein auf.

„Schau her!", sagte er und zeigte auf das Etikett.

„Australischer?"

„Wirra Wirra: Unter den Eukalyptusbäumen."

Zuhause, dachte sie. Sie biss sich auf die Unterlippe, sie wollte nicht erneut weinen.

23. Kapitel

Hanna war so glücklich, dass Alexander sie zu den Großeltern begleitete, dass sie es ihm hätte unentwegt wieder sagen wollen, aber sie hatte es ihm bereits zweimal gesagt, und das musste wohl genügen. Sie hatte ihm auch alles von den Großeltern erzählt, das zumindest, woran sie sich noch zu erinnern meinte. Der Hof, die Bauernkate und ein paar Stallungen, der Traktor, auf dem sie einmal gesessen hatte, und die Wiese mit dem Teich und dem Schilf drumherum. Eine Schaukel war auch da gewesen. Und an die Hühner konnte sie sich noch gut erinnern und auch an Schafe im Stall, an den Geruch nach Wolle und Stroh. Die Großmutter hatte selbst eingemachtes Obst im Regal stehen, Zwetschgenmus, Quittengelee, auch Saft, Erdbeersaft.

Hanna blickte zu Alexander hinüber, der am Steuer saß und wachsam den Gegenverkehr im Auge behielt. Er wartete schon seit geraumer Zeit auf eine günstige Gelegenheit zum Überholen. Der Traktor samt Anhänger vor ihnen fuhr Schlangenlinien, schlingerte dabei immer wieder gefährlich zur Seite, und es trug ihn sogar manchmal über den Fahrbahnrand hinaus. Hanna atmete erleichtert auf, als das heikle Gefährt endlich blinkte und in einen Feldweg einschwenkte.

Sie hatte Alexander bereits mehr aus den Briefen erzählen können, von Australien, von dem alten, halbverfallenen Holzhaus, in das ihr Vater damals eingezogen war, und von seiner Frau, Rosanna, von Larry, dem Friseur und natürlich von Frank, einem wirklichen australischen Ureinwohner. Und schließlich hatte sie Alexander vom Wendland erzählt, da, wo alles angefangen hatte, im Protestdorf. Die Fotos, die dann gestohlen worden waren. „Ein echter Krimi", hatte Alexander gemeint, und dann, und vor allem hatte sie von dem Brief zu ihrem Achtzehnten berichtet, der sie so traurig gemacht hatte, und der die Ursache für alles gewesen war, für ihre Verzweiflung und für das Missverständnis zwischen Alexander und ihr. Im Nachhinein hatte es ihm leidgetan. Er hatte sich entschuldigt, dafür, dass er einfach abgereist war. Jetzt wusste er über alles Bescheid: Das war auch so ein Glücksgefühl.

Die Großmutter öffnete. Mit ihrer dünnen Stimme brachte sie kaum ein Wort heraus, während ein Strom von Tränen aus ihren hellen Augen hervorsprudelte.

Der Tisch in der Küche war gedeckt. Auf dem farbig bestickten Leinentischtuch wartete schon dampfend eine Schüssel mit Petersilienkartoffeln und eine Terrine mit Kohlrouladen, genauso wie Hanna es sich von der Großmutter gewünscht hatte. Ehe sie sich setzten, öffnete der Großvater eine Flasche Sekt, und nachdem er eingeschenkt hatte, und jeder sein Glas in der Hand hielt, blickte er in die Runde. Dann hob er sein Glas, betrachtete für einige Augenblicke die darin perlende Flüssigkeit und sprach merklich bewegt: „Liebe Hanna und lieber Alexander, deine Großmutter und ich, wir sind sehr, sehr glücklich. Mit eurem Besuch heute, hat das Warten endlich ein Ende. Wir haben immer daran geglaubt, dass wir dich eines Tages wiedersehen würden. Das konnte ja nicht ewig so weitergehen. Wir haben immer an dich und deine Mutter gedacht, jeden Tag, und wenn wir auch nicht sehr viel darüber gesprochen haben, deine Großmutter und ich, haben wir immer", der Großvater griff nach der Stuhllehne und umklammerte sie fest mit der Hand, „ja, so haben wir doch immer die Hoffnung gehabt. Ihr könnt euch nicht vorstellen, wie glücklich wir heute sind."

Die letzten Worte brachte der Großvater nur noch leise und heiser heraus. Er erhob sein Glas und alle tranken einen Schluck. Die Großmutter nestelte nervös in ihrer Schürzentasche und holte eine Packung Taschentücher hervor. Sie reichte auch dem Großvater eines, er nahm es und trocknete sich die Augen.

Während des Essens wurde anfangs nicht viel gesprochen. Die bewegenden Worte des Großvaters wirkten noch eine Weile nach, und so hatten alle ein bisschen Zeit, sich in die ungewohnte Situation einzugewöhnen. Hanna stellte sich das Leben der Großeltern vor, hier draußen auf dem Land, in der Abgeschiedenheit ihres kleinen Hofes.

„Uns ist nicht langweilig", sagte der Großvater in die Stille hinein, so als hätte er Hannas Gedanken erraten. „Wir haben immer genug zu tun, stimmt's Marie?"

„Ja, ja", stimmte die Großmutter zu, aber sie wirkte ein bisschen geistesabwesend, und Hanna bezweifelte, dass sie wirklich zugehört hatte.

„Deine Mutter war auch hier", fuhr er fort, „sie ist nicht lange geblieben."

Und während er sich Kartoffeln nachnahm, sagte er wie beiläufig: „Sie hat uns auch von dem Einbruch erzählt."

Richtig, der Einbruch, daran hätte sie denken müssen. Was hatte die Mutter wohl noch alles erzählt? Ihre Gedanken wirbelten wild durcheinander. Was wussten die Großeltern eigentlich über sie und die Mutter, über ihre Streitereien, über die Briefe? Plötzlich war alles ganz anders, anders als Hanna es erwartet hatte. Aber was hatte sie denn eigentlich erwartet?

„Das war doch wohl ein ziemlicher Schock für sie", sprach der Großvater nach einer Pause weiter.

Dabei klang er sehr ruhig, und ohne jeden Vorwurf. Dann hatte die Mutter vielleicht auch gar nichts Abfälliges über

Hanna gesagt. Sie hatte wieder die verwüstete Wohnung vor Augen. *Ein ziemlicher Schock?* Ja, das war es. Hanna dachte an die Schuhe, die sie in der Wohnung zurückgelassen hatte. Die Schuhe hatten sie verraten. Die Mutter hatte bestimmt auch gleich kontrolliert, ob die Briefe noch da waren, unter der Matratze. Da, wo sie ja selbst gelegen hatte, da unten, in Todesangst. Jeder dachte an die Mutter. Ja, die arme Mutter, die Wohnung war verwüstet, natürlich, aber Hanna selbst war dagewesen, mit knapper Not war sie entronnen.

„Das mit dem Einbruch, das weißt du doch sicher. Deine Mutter meinte, du wüsstest es wohl." Die Stimme des Großvaters klang noch immer mild. Wie immer der Besuch ihrer Mutter hier auch verlaufen war, es hatte offenbar keine Misshelligkeiten bezüglich Hanna gegeben. Alles, was der Großvater sagte, klang freundlich und versöhnlich. Für Misstrauen gab es keinen Grund.

„Ja, ich weiß davon", und für eine Sekunde dachte Hanna daran, es den Großeltern zu sagen; dass sie da war, als der Einbruch passierte. Alexander, der ihr gegenübersaß, schien ganz mit Essen beschäftigt. Er brauchte sich auch nicht unbedingt zu beteiligen. Er wusste genau Bescheid, er wusste, wo *sie* während des Einbruchs gewesen war, versteckt unter dem Bett, und er war ziemlich beeindruckt gewesen, als sie ihm davon erzählte.

Als sie nach dem Essen ins Wohnzimmer gingen, erschien es ihr viel kleiner, als sie es in ihrer Erinnerung bewahrt hatte. Die Ledercouch, auf der sie und Alexander Platz nahmen, war an den Armlehnen spröde und abgewetzt. Hanna fragte sich, ob es wohl dieselbe Couch war, auf der sie als Kind gesessen hatte. Womöglich sogar ihre Mutter, nach dem Unglück im Wald, mit Hannas Vater etwa?

„Er hat dir also geschrieben? Dein Vater ...", begann der Großvater, nachdem Alexander und Hanna auf dem Sofa Platz genommen hatten.

„Jedes Jahr. Der erste Brief kam zu meinem fünften Geburtstag."

Die Großeltern wechselten schweigend ein paar Blicke.

„Und dann immer so weiter, immer zu den Geburtstagen."

Die beiden Alten blickten sie erwartungsvoll an. Hanna hatte plötzlich das Gefühl, ihnen etwas schuldig zu sein. Sie hatten so vieles versäumt, die Zeit mit ihrer Enkeltochter, so viele verpasste Gelegenheiten: Sie hätten sie aufwachsen sehen können. Ihre Schulzeit, ihre Jugend, all das war ihnen entgangen und unwiederbringlich verloren. Was Hanna tun konnte, wollte sie tun, jetzt und hier. Und natürlich auch später, wenn sie die Großeltern weiterhin besuchen käme.

„Gut", sagte der Großvater, „es ist gut, dass du sie jetzt hast, deine Briefe." Für Hanna klang es ein wenig nach einem Schlusswort.

Sie gab sich die größte Mühe; sie wollte die Großeltern verstehen, in ihrem Wunsch, die Dinge lieber nicht weiter auszubreiten. Das Rühren an alte Konflikte war immer heikel. Die Gefahr neuerlicher Verletzungen war groß. Andererseits, wenn sie es jetzt zuließe, dass die Großeltern über die Ereignisse von damals schwiegen, würde sie vielleicht nie etwas darüber erfahren. Warum war es zwischen der Mutter und den Großeltern damals zum Bruch gekommen?

„Fünf Jahre, in denen er nicht geschrieben hat", gab Hanna zu bedenken, „fünf Jahre kein Wort, kein Lebenszeichen von ihm … " Sie hoffte inständig, dass die Großeltern den Mut und die Kraft aufbrächten, sich ihrer Vergangenheit zu stellen.

Die Augen des Großvaters glänzten und schienen auf der Suche nach einer vernünftigen Erklärung zu sein. Wo sollte er den Faden aufnehmen? Das lag ja nun schon alles so weit zurück.

Wozu also überhaupt noch davon reden? Hanna würde es nicht erzwingen können. Wenn die Großeltern nichts sagen wollten, so würde sie es wohl akzeptieren müssen.

„Deine Mutter", begann der Großvater zögerlich, „sie kam damals mit der Nachricht zu uns, dass sie schwanger sei."

Er schwieg für einen Augenblick. Mit einem bitteren Zug um den Mund fügte er schließlich hinzu: „Und er: Auf und davon, Australien, auf Nimmerwiedersehen."

Der Großvater blickte zu seiner Frau hinüber, wie sie seine Worte wohl aufnahm, aber sie saß regungslos auf ihrem Stuhl, wie erstarrt. Dann sprach er langsam, ein bisschen schleppend, weiter, mühsam die einzelnen Worte einsammelnd.

„Wir machten uns Sorgen, … wegen der Schwangerschaft, … um das Baby … Wer sollte denn dafür sorgen?"

Die Großmutter strich sich mit dem Handrücken über die glänzenden Wangen.

„Und ihr? Ihr habt es ihm gesagt?"

„Nach fünf Jahren, ja", nickte der Großvater und sackte ein wenig in sich zusammen.

„Wir dachten, er muss es wissen. Das haben wir damals beide gedacht", und er sah dabei erneut zu seiner Frau hinüber, die am Fenster saß und diesmal stumm nickte.

Hanna hatte den Eindruck, ihre Großeltern seien in den letzten Minuten um Jahre gealtert. Es nahm die beiden viel zu sehr mit, viel mehr noch, als sie befürchtet hatte, und Hanna war erschrocken darüber. Sie hatte kein Recht dazu, sie weiter zu quälen. Sie durfte keine weiteren Fragen mehr stellen.

„Es war dein fünfter Geburtstag," hörte sie den Großvater sagen. Deine Mutter rief uns an. Sie war außer sich. Sie sagte, dass sie uns nicht mehr vertrauen könne, nie mehr … "

Die Großmutter schluchzte.

„Sie hat uns verziehen, Marie", brummte der Großvater und hob beschwichtigend die riesigen Hände von den Knien.

„Als sie hier war, das war vor zwei Wochen, da haben wir darüber gesprochen. Sie weiß, dass du die Briefe hast. Es war nicht richtig, sie vor dir zu verstecken. Ich denke, sie versteht es jetzt. Ihr war selbst nicht ganz klar, was sie da tat. Aber ich glaube, es tut ihr leid. Heute tut es ihr leid", sagte der Großvater. „Bestimmt", fügte er noch hinzu.

Hanna wollte es auch gern glauben, dem Großvater zu liebe, aber selbst, wenn es wahr wäre, und die Mutter wirklich bedauerte, was sie ihr angetan hatte, warum sagte sie es den Großeltern, warum nicht ihr? Nein, Hanna glaubte kein Wort davon. Nichts davon war wahr. Darüber wollte sie hier aber nicht sprechen. Das würde die Großeltern zu sehr verletzen; gerade jetzt, wo sie endlich wieder Kontakt hatten zu ihrer Tochter. Es stand zu viel auf dem Spiel, für alle, für die Großeltern und auch für sie selbst.

„Hättet *ihr* es mir denn gesagt, wer er ist?"

„Ja", meldete sich mit einem Mal die Großmutter zu Wort. War sie bisher wohl mehr mit ihren eigenen Gedanken beschäftigt gewesen, so schien jetzt ihr Interesse geweckt und sie blickte Hanna aus hellwachen Augen an. Der Großvater schien ebenfalls überrascht zu sein. Anders als er selbst, hatte die Großmutter wohl schon auf Hannas Frage gewartet. Jetzt, nachdem sie beantwortet war, tat es Hanna gleich wieder leid, sie überhaupt gestellt zu haben.

„Wir wussten ja nicht, dass Christine", schaltete sich der Großvater wieder ein, „also, dass sie es dir *nie* gesagt hat, wer dein Vater ist."

Er wiegte ungläubig den Kopf.

„Darauf muss man erst mal kommen, … all die Jahre", und aus seinen letzten Worten meinte Hanna nun doch auch so etwas wie Ärger herauszuhören, und sie hatte plötzlich eine Ahnung

davon, was sich tief in seiner Brust verbarg. Wie viel sich ange-
staut haben mochte in den Großeltern, wie viel Kraft es die beiden kostete, ihre Gefühle zurückzuhalten?

Es machte Hanna betroffen, als ihr mit einem Mal bewusstwurde, wie kostbar diese Begegnung heute für die Großeltern
war; überhaupt, die wenigen Gelegenheiten, zu denen sie sich
noch sehen würden. Es schien ihr, als ob sie zum ersten Mal die
Zeit als etwas so Kostbares empfand. Die Großeltern jedenfalls
hatten nicht mehr viel davon und sie würden sicherlich alles daransetzen, dass die Stunden mit ihrer einzigen Enkeltochter
friedlich und harmonisch verliefen.

„Habt ihr *ihn* denn eigentlich mal kennengelernt?"

„Ja", kam es wieder prompt und entschieden von der Großmutter. Nur ließ sie sich diesmal das Wort nicht gleich wieder
nehmen. Es war ihr deutlich anzusehen, sie wollte etwas loswer-
den: „Er war damals hier. Er und Christine, mitten in der Nacht.
Wir waren schon zu Bett gegangen."

Die Großmutter unterbrach sich kurz und sah zu ihrem Mann,
der etwas beunruhigt aussah.

„Christine", sprach die Großmutter weiter, „war im Gesicht
verletzt, und wir hatten den Arzt hier. Wir hatten große Sorgen."

Seit die Großmutter zu sprechen begonnen hatte, machte sie
nicht mehr so einen niedergeschlagen oder bedrückten Eindruck
auf Hanna; im Gegenteil: Je länger sie sprach, desto selbstbe-
wusster und klarer wurde sie.

„Und habt ihr euch denn noch unterhalten mit ihm?"

„Nein, nein, wir haben nicht viel gesprochen mit ihm. Es war
ja auch schon spät. Er musste wieder los. Nein. Aber wenn wir
gewusst hätten …"

„Marie", fiel ihr der Großvater ins Wort. „Lass doch, Marie,
lass gut sein ..."

„Du wirst mich nicht daran hindern, Herbert. Ich habe auch
etwas dazu zu sagen. Wir hätten es nicht zugelassen, dass er sie

so einfach sitzen lässt. Für sie war er nur irgendein Kerl, aber ich weiß, wie es ist, ohne Vater aufzuwachsen."

„Mariechen, das hatten wir doch nun schon alles, mit Christine", versuchte der Großvater zu beschwichtigen.

„Halt auf, Herbert. Und verziehen, verziehen. Von wegen verziehen. Da kann ich ja nur lachen ..."

„Marie, jetzt beruhige dich mal wieder", hob der Großvater wieder an, aber seine Frau ließ sich nicht mehr stoppen.

„Komm, Herbert, halt auf. Du weißt nicht wie es ist! Und hör damit auf, mich wie ein kleines Kind zu behandeln. Dir ging es doch immer nur um deine Tochter dabei, alles andere ist dir doch völlig egal!"

Hanna glaubte zu sehen, dass der Großvater Tränen in den Augen hatte.

„Christine hier, Christine da! Von deinem Großvater hättest du gar nichts erfahren. Wenn es nach ihm gegangen wäre, dann wüssten wir bis heute noch nichts von deinem Vater. Gar nichts! Nicht mal, dass er überhaupt noch lebt oder wo."

Der Großvater fuhr sich mit der Hand über das Gesicht und anschließend über den Nacken. Er machte einen sehr elenden Eindruck auf Hanna.

„Und von wegen, dass sie uns nicht mehr vertrauen könne!", fuhr die Großmutter fort. Sie hatte offenbar sehr genau mitbekommen, was ihr Mann gesagt hatte. „Ich habe Christine immer gesagt, was ich davon halte. Das Kind hätte einen Vater gehabt."

Und jetzt begann die Großmutter zu weinen. Sie konnte nicht weiter. Es war, als wäre alle Kraft aus ihr gewichen. Der Großvater sah betroffen zu seiner Frau hinüber, die sich nach vorne krümmte und sich nicht mehr regte. Nur ein lautloses Beben, das in regelmäßigen Abständen durch ihren Körper hindurchging. Der Großvater stand auf und ging zu ihr. Er strich ihr zärtlich über den Rücken und sprach besänftigend auf sie ein. Alexander deutete zur Tür. Er meinte offenbar auch, dass sie die beiden Alten besser eine Weile allein ließen, in ihrem Kummer.

Hanna und Alexander traten in die Mittagssonne hinaus und machten ein paar Schritte über den Hof in Richtung der angrenzenden Weide, wo eine Handvoll zotteliger Schafe graste. Irgendwo bellte ein Hund. Alles erschien so friedlich, zu friedlich. Nachdem, was Hanna eben im Haus erlebt hatte, kam ihr die Welt hier draußen nicht wirklich, nicht real vor. Zwischen Haus und Gemüsegarten führte ein schmaler Weg zum Hühnerstall. Die Hühner kamen an den Zaun und blickten sie neugierig an. Nach einigen Minuten erschien der Großvater. Er war andersherum ums Haus gegangen. Groß und hager kam er über die Wiese auf sie zu. Er sah müde aus; es war kaum zu übersehen, wie viel Anstrengung der Tag ihn gekostet hatte.

„Die Nerven", sagte er, und verschnaufte einen Augenblick, „die Nerven sind ihr ein bisschen durchgegangen, zum Schluss. Das war alles wohl ein bisschen viel für sie heute. Das alles. Sie hat sich hingelegt und ruht sich jetzt aus. Der Streit mit deiner Mutter. Sie hat mit uns geschimpft, viel. Das wir Schuld sind an allem. Wir sind gar nicht zu Wort gekommen. Es stimmt nicht, dass es mir egal ist. Es ist nicht egal. Ein Kind muss wissen, wer sein Vater ist. Darüber waren deine Großmutter und ich immer einer Meinung. Nur eben den Streit, den Streit mit deiner Mutter, den hätte ich gern vermieden, aber ..."

Und was ist mit ihr, warum kennt sie ihren Vater nicht, Oma, meine ich?"

„Es war Krieg. Er ist nicht zurückgekommen. Dein Urgroßvater. Kriegswaise. Ja, so hieß das damals. Das war schlimm, aber das war nicht das Schlimmste, nein ..."

Der Großvater schüttelte den Kopf, und sein Blick ging in die Ferne, streifte umher zwischen Zäunen und Waldsaum, strich über die Baumwipfel und bis weit hinauf in die Wolkenbänke, wo er einen Augenblick auszuruhen schien. Dann kehrte sein Blick zu Hanna zurück. Sie sah in seine kummervollen Augen.

„Wir sind immer für dich da, Hanna", sagte er.

Er räusperte sich kurz und fügte dann an: „Immer. Deine Großmutter und ich. Wir haben ein bisschen für dich gespart."

Damit zog er einen Umschlag aus der Jackentasche und reichte ihn Hanna. „Ihr seid immer willkommen bei uns, ihr zwei, du und dein Freund," und er nickte Alexander freundlich zu.

„Ich bring euch noch zum Auto. Wenn ihr das nächste Mal kommt, führ ich euch ein bisschen herum. Und Marie lässt schön grüßen und wünscht euch eine gute Heimreise. Sie hat sich so auf euch gefreut. Nächstes Mal wird es schon besser gehen. Das musste heute alles mal raus ..."

Alexander und der Großvater gaben sich die Hand. Hanna ließ sich vom Großvater in den Arm nehmen.

„Danke für alles", sagte Hanna und mit Blick auf den Umschlag, „und dafür auch, natürlich. Und grüß die Oma."

Der Großvater trat einen Schritt beiseite, sodass sie einsteigen konnte.

„Kommt bald mal wieder ...", sagte er und schloss die Autotür für Hanna. Alexander parkte rückwärts aus, hupte noch einmal kurz, dann fuhren sie davon. Im Rückspiegel sah sie den großgewachsenen Mann am Straßenrand stehen. Er hob zum Abschied die Hand.

24. Kapitel

Zielsicher hatte Rosanna ihn hergeführt. Sie war es, die bestimmte, wohin die Reise jeweils ging. Georg hatte das Angebot erhalten, Bilder aus dem weiteren Umland Sydneys für einen Fotoband beizusteuern. Nachdem der Vertrag unterschrieben war, waren ihm Zweifel gekommen; vielleicht war es doch etwas zu waghalsig. Die Wildnis lag ihm nicht besonders, daran hatten die dreißig Jahre, die er jetzt schon in Australien lebte, nichts ändern können. Er mochte die Zivilisation: Zahnärzte, Apotheken, Tankstellen, befestigte Straßen. Rosanna hingegen war begeistert gewesen, ihre Augen hatten zu funkeln begonnen, als er ihr von seinem Auftrag erzählte. Sie hatte auch sofort die Idee gehabt, ihn auf seinen Fahrten ins Ungewisse zu begleiten.

Es war nun bereits der vierte Streifzug dieser Art, und Rosanna hatte wieder einmal freudig die Gelegenheit beim Schopfe ergriffen, ihn in eine entlegene Gegend zu lotsen, tief hinein in die Wildnis. Die Orte, zu denen sie ihn zuvor entführt hatte, waren Schauplätze ihrer Kindheit und Jugend gewesen, und sie alle umgab „ein besonderer Zauber", wie sie es nannte, an denen sich leicht die Phantasie entzündete, umso mehr, als Rosanna zu einer jeden dieser mystischen Stätten die eine oder andere abstruse oder haarsträubende Geschichte zu erzählen wusste. Für Georg wäre es auch ohne gruselige Geschichten aufregend genug gewesen. Ihm reichte die Aussicht, von einer Schlange oder einer giftigen Spinne gebissen zu werden, völlig aus, um zu erschauern und ihm eine Gänsehaut zu machen. Rosannas farbige Ausschmückungen waren ihm keine sonderlich große Hilfe, die Dinge gelassen anzugehen. Insgeheim hegte er den Verdacht, dass es ihr wohl ein stilles Vergnügen bereitete, ihn ein wenig zu ängstigen, ihren „Stallhasen", wie sie ihn zuweilen neckte.

Das Farmhaus lag einsam und verlassen da. Aus einer Wand waren Steine herausgebrochen. Ein Teil des Daches war eingestürzt, und die zerbrochenen roten Schindeln lagen verstreut im hohen Gras. Die Morgensonne machte Feuer hinter den erblindeten Fenstern. Die Scheune, einen Steinwurf vom Haupthaus entfernt, war in einem ebenso jämmerlichen Zustand; als Gebäude war sie nur noch rudimentär vorhanden. Ihr waren sämtliche Fenster samt Rahmen ausgerissen worden, alle Dachschindeln fehlten, nur die bröckelnden Grundmauern und Teile des skelettierten Dachstuhls waren übrig.

Auf seiner Erkundungstour um die Scheune herum stellte er fest, dass sowohl an der Nordseite wie an der Südseite die Torflügel fehlten. Georg konzentrierte sich zunächst auf die Außenfassade. Der niedrige Sonnenstand lud zu kontrastreichen Gegenlichtaufnahmen ein, eine Spielerei, zu der er sich nur selten hinreißen ließ.

Was Rosanna während der Fahrt über das für diesen Tag vorgesehene Ausflugsziel lebendig vor ihm ausbreitete, war Hörensagen; sie hatte es irgendwann einmal aus der Zeitung erfahren. Doch selbst wenn die Geschichte schon einige Zeit zurücklag, so konnte sie sich doch erstaunlich gut an die dramatischen Einzelheiten erinnern. Etwas weniger geschmückt und detailreich wäre Georg lieber gewesen. Aber Rosanna gefiel es so, und er brauchte sie ja. Nun denn:

Der Farmer hatte damals Haus und Land aufgeben müssen, nachdem ihm sein Zuchtbulle abhandengekommen war. Das Tier war sein wichtigstes Kapital gewesen. Mit einer Handvoll benachbarter Farmer, einem Ranger und dessen Gehilfen, hatten sie mehrere Tage das weitläufige Farmland durchkämmt, bis sie schließlich den Kadaver fanden oder das, was Fliegen und Vögel von dem einst stattlichen Tier übriggelassen hatten. Der mächtige Bulle war an einer Schussverletzung verendet. Der Fall blieb ungeklärt.

Für die Ranger war die Sache damit erledigt. Für den armen Farmer aber war es der Bankrott. Er würde sich sobald keinen neuen Zuchtbullen leisten können und so blieb ihm schließlich nichts anderes übrig, als sich einen Job in der Stadt zu suchen oder sich auf einer anderen Farm zu verdingen.

In der Scheune war Rosanna damit beschäftigt, das Picknick auf einigen an der Wand aufgereihten Strohballen vorzubereiten. Die gesamte Westseite war in warmes Sonnenlicht getaucht. Die Strohballen glänzten wie Gold. Sie drehte sich zu ihm um, kam ihm ein Stückchen entgegen und küsste ihn.

Mit einem Mal stieß sie ihn von sich weg. Er sah in ihr erschrockenes Gesicht. Ihre Augen waren angstarr auf etwas in seinem Rücken gerichtet. Die Nackenhaare stellten sich ihm auf. Was immer Rosanna da sah, es versetzte sie in höchste Alarmbereitschaft. Sie hielt ihn mit einer Hand in seiner Position. Ihre Lippen formten „warte". Sie stand da, lauernd, wie eine Katze vor dem Sprung. Dann ihr Kommando:

„Lauf!"

Sie schoss herum, und Georg stürzte ihr nach, in Richtung Nordflügel, zum Auto. Augenblicke später im Rückspiegel die hagere, etwas krumme Gestalt in der Staubwolke. Es schauderte sie beide vor Entsetzen.

Nachher erzählte Rosanna, wie es war: Wie ein Gespenst habe er plötzlich am Scheunenfenster gestanden. Das Gesicht grau und zerfurcht, mit der Schrotflinte über der Schulter.

Verrückter Kerl!

25. Kapitel

Taylor! Sowie er Georg auf der Veranda entdeckt hatte, schwenkte er die Post hoch über seiner roten Schirmmütze. Er wäre nicht Taylor gewesen, wenn er die Ankunft des Briefes nicht so überschwänglich, ja geradezu als Ereignis kosmischen Ausmaßes angekündigt hätte. „Aus Deutschland!", rief er Georg schon von weitem entgegen und hielt das Kuvert triumphierend in die Höhe.

Aus der Entfernung hätte man ihn mit seiner Schirmmütze und dem lockeren Gang leicht für einen Teenager halten können, doch mit jedem Schritt, den er näherkam, schien er ein Stückchen älter zu werden. Taylor hatte sich seine kindliche Natürlichkeit bewahrt. Gelegentlich führte er für die Damenwelt im Ort ein Stück selbst gebackenen Kuchen im Gepäck, von dem die Beschenkten regelmäßig schwärmten. Auch Rosanna war schon des Öfteren in den Genuss seiner Backkünste gekommen.

Georg sah Taylor nach, der einige Worte mit seiner Nachbarin, der alten Mrs. Amos, wechselte. Sie schauten zu ihm herüber, und Georg hob flüchtig die Hand.

Bis zum Eintreffen des Briefes war es ein ganz und gar durchschnittlicher Freitagvormittag gewesen. Rosanna und er waren seit Jahren ein eingespieltes Team. Während sie im Bad verschwand, kochte er den Kaffee und deckte den Frühstückstisch. Freitags nahm sie für gewöhnlich das Auto, um erst zur Bank zu fahren und anschließend auf dem Wochenmarkt die

Einkäufe für die Pension zu machen. Manchmal fuhren sie gemeinsam, und er ging ihr mit den schweren Einkaufskörben zur Hand, was in den letzten Wochen jedoch eher selten vorkam; die Arbeit am Fotoband nahm ihn jetzt sehr in Anspruch.

Georg blickte die menschenleere Straße hinunter. Dann betrachtete er wieder das Kuvert in seiner Hand, die geschwungene Handschrift und die leuchtend weiße Magnolienblüte auf der Briefmarke.

Er bemerkte ein leichtes Zittern seiner sonst ruhigen Hände, als er das Messer aus der Besteckschublade nahm. Er fuhr mit den Fingerspitzen über die blaue Tinte und las noch einmal ihren Namen, sprach ihn vor sich hin, leise, mit brüchiger Stimme.

Als erstes zog er ein Foto aus dem Umschlag heraus. Es war das Porträt einer jungen Frau um die Dreißig, Christine zum Verwechseln ähnlich. Hoher Sonnenstand, helle Reflexionen auf Haaren, Stirn und Oberlippe, Augenhöhlen dunkel, die Farbe der Iris nur zu erraten, vielleicht grün. Himmel diesig, kaum Schärfentiefe, vielleicht am Meer, unten rechts eine rote Silhouette, eckige Konturen, ein Bagger vielleicht. Ein Traktor?

Und die Rückseite: *07.07.20.... / Ich / Hanna / deine Tochter / Ostsee.*

Ein Brief, zwei Seiten Büttenpapier, einseitig beschrieben, dieselbe Handschrift wie auf dem Kuvert, die Buchstaben in gleichmäßigem Schwung miteinander verbunden, Hand in Hand, tänzerisch auf unsichtbarem Seil.

Noch immer überrascht und ein bisschen wie benommen sei sie. Sie habe die Großeltern besucht. Alles hatte sich verändert, ihr ganzes Leben, jetzt, nachdem sie seine Briefe hätte, und dass sie jetzt endlich einen Vater hatte, nach so langer Zeit, und dass sie schon vorher einen Vater hatte, natürlich, aber nicht wusste, wer er eigentlich war, weil die Mutter nie ein Wort über ihn verloren habe, in all den Jahren. Auch die Gründe für das Schweigen der Mutter hätte sie jetzt erfahren und allmählich zu verstehen begonnen, warum es so schwierig war für die Mutter, nachdem sie selbst jetzt so viel mehr darüber wusste. Und nun sei alles sehr aufregend für sie. Und die tollen Briefe, die er ihr geschrieben habe, hätte sie jetzt alle schon mehrmals gelesen. Alles sei unglaublich und abenteuerlich.

Nachdem er den Brief gelesen hatte, war er rastlos zwischen den Zimmern hin und her gelaufen. Auch war er einige Male in den Garten hinausgegangen, ohne jede Absicht und ohne einen Blick für die Blumen, die hier üppig unter Rosannas Händen gediehen. Wieder und wieder war er in die Küche zurückgekehrt, um sich zu überzeugen, dass er tatsächlich dort lag: der Brief. Zweimal hatte er die Nummer von Rosannas Pension gewählt, und beide Male wieder aufgelegt, noch ehe jemand abnahm. Er hatte versucht, den Brief ein weiteres Mal zu lesen, hatte aber immer nur auf die geschwungenen Linien gestarrt, auf die tanzenden Buchstaben, ohne auch nur das Geringste davon aufzunehmen.

Bei dem Versuch, sich ein wenig abzulenken, und dabei seinem ursprünglichen Plan für den Tag folgend, ein paar Fotos zu entwickeln, stieg er in den Keller hinab. Und stieß gleich mal eine Flasche Entwickler um. Sie rollte vom Tisch und zersprang mit lautem Knall zu seinen Füßen. Hektisch kehrte er die Scherben zusammen, löschte das Licht und stieg entkräftet die Kellertreppe wieder hinauf, überzeugt davon, für diesen Tag nichts Sinnvolles mehr zustande zu bringen. Das Beste würde sein, abzuwarten, bis Rosanna wieder nach Hause käme.

Er wollte sich eben auf dem Sofa ausstrecken, als ihm der Koffer einfiel. Es war eine halbe Ewigkeit her, seit er das letzte Mal auf dem Dachboden gewesen war. Er stieg die Treppe zum Flur im ersten Stock hinauf, zog die Leiter herab und spähte zur Deckenluke hinauf. Wie damals würde er vielleicht wieder niesen müssen, wenn ihm der Staub entgegenrieselte. Er öffnete die

Luke und kletterte bis ganz nach oben. Die Mausefallen waren leer. Sein alter Reisekoffer lag auf einem Klappstuhl. Er fuhr mit der Hand über das altersbrüchige Leder.

Im Flur klingelte das Telefon. Er schnappte sich den Koffer und verfehlte in der Eile eine Leitersprosse, ließ den Koffer fallen und saß schon auf dem Boden. Wenn er mit dem linken Fuß auftrat, flammte es darin auf, als hielte er ihn in kochendes Wasser. Er hangelte sich am Geländer die Treppe hinunter und gelangte ohne größere Zwischenfälle in den Hausflur. Als er das Telefon glücklich erreicht hatte, hörte es von selbst auf zu klingeln. Er hinkte zum Sofa hinüber, stapelte ein paar Kissen übereinander und lagerte den schmerzenden Fuß darauf. Eben hatte er sich behaglich zurechtgerückt, da fiel ihm das Telefon wieder ein; er hätte es mit zum Sofa nehmen sollen. Zu spät. Er schloss die Augen und wurde langsam ruhiger. Er begann zu träumen:

Eine Insel, weißer Strand, sanft ansteigendes Land, ein Saum aus Kokospalmen, Geschrei von Affen und Aras. Rosanna und er waren wie es aussah von Menschenfressern überrascht worden. Sie mussten sich splitterfasernackt ausziehen und in einen riesigen schwarzen Kessel steigen, unter dem schon ein hübsches Feuer brannte. Rosanna machte sich Sorgen, aber er sprach beruhigende Worte. Er ging voraus, eins, zwei, drei die Leiter hinauf und sich ins sprudelnde Wasser gehockt, nur nicht herumzappeln, das war der ganze Trick dabei. Als er ihr freundlich zunickte, folgte sie seinem Beispiel, kletterte die Leiter hinauf und nahm neben ihm Platz. Sie schaute ihn verdutzt an. Hatte er es ihr denn nicht gleich gesagt? Es war eben gar nicht heiß, wenn man sich nicht bewegte. So hockten sie kuschelig beieinander und blinzelten über den Kesselrand und irgendwo klingelte ein Telefon. Er erwachte wieder, ließ es aber klingeln. Er hätte versuchen können, wieder einzuschlafen, und mit etwas Glück hätte er den Faden von seinem Traum wieder aufgenommen, aber jetzt musste er mal ganz dringend zur Toilette. Auf dem Rückweg hinkte er den Flur entlang. Am Telefontischchen angelangt blickte er sich um und spähte prüfend die Stiegen hinauf. Sollte er den Koffer holen? Nein. Wenn dann noch etwas passierte, könnte man das wohl schlecht jemandem erklären.

Also zurück aufs Kissenlager, das Telefon ab jetzt immer griffbereit neben sich auf dem Dielenboden. Etwas drückte ihn hüftabwärts. Er tastete mit der Hand an der Sofalehne entlang und zog ein Buch heraus. Französischer Käse. Käse! Nicht eben ein Pageturner, wie es aussah. Die Wahrscheinlichkeit, dass Rosanna hier einen Krimi liegen ließ, war exakt genauso groß, wie die für eines ihrer zahlreichen Kochbücher. Er selbst las weder Krimis noch Kochbücher, aber ein Krimi wäre ihm jetzt doch lieber gewesen. Wenn er jetzt bloß den Koffer hätte! Nun also: was lässt sich über Käse sagen?

Bis zu dem Zeitpunkt, zu dem Rosanna nach Hause kam, hatte er einen ganz passablen Wissenszuwachs in Sachen Käse im Allgemeinen, insbesondere aber französischem erfahren. Er hatte Einblicke sowohl in die Erzeugungsweisen als auch in den Vertrieb gewonnen, hatte von in Fachkreisen hoch gerühmten Käserinnen und Käsern gelesen, hatte deren entlegene Wohnsitze in den Vogesen, den Pyrenäen und Ardennen besucht. Er hatte aktuelle Aufstellungen über die Anzahl der Kühe, Ziegen und Schafe, die Menge der monatlich hergestellten Laibe und deren Reifungszeit einsehen dürfen. Er konnte von sich sagen, er war im Bilde.

Nach einem kurzen Blick auf ihr Buch, das neben dem Sofa lag, fragte sie: „Also, du möchtest mal wieder Rotwein, Käse und Baguette zum Abendbrot?"

Für einen Moment war er verdutzt, kam aber nach kurzer Prüfung zu demselben Schluss und willigte ein.

Tastend untersuchte sie seinen kranken Fuß. Die Schmerzen waren abgeklungen. Doch als sie den großen Zeh berührte, zuckte die Flamme erneut darin auf. Es gelang ihr, den Fuß von der Socke zu befreien, ohne dass es Spektakel gab. Er kannte Rosanna gut, und so wusste er eines ganz sicher, dass man sich ihr Mitleid mit ein bisschen Theater nicht erschummeln konnte, Mitleid, echtes Mitleid, verdiente man sich einzig durch Tapferkeit. Äußerlich betrachtet schien alles in Ordnung, die Zehen standen, einschließlich des Großen, artig in einer Reihe, und es glückte ihm sogar, sie im Gleichschritt, nicht gerade zu einem fröhlichen Winken, aber doch zu einem höflichen kleinen Nicken zu ermuntern. Rosanna lächelte, nur um ihn im nächsten Augenblick mit der Nachricht zu überraschen, alles in Ordnung, er könne die Socke ohne Gefahr wieder darüber ziehen. Mit spitzen Fingern schwenkte sie die Socke zweimal etwas sorglos, etwas zu sorglos für seinen Geschmack, über seinem Fuß hin und her und ließ sie dann auf seinem Bauch abtropfen.

„Sag mal, was wolltest du denn dort oben eigentlich?"

„Den Koffer; ich wollte den alten Koffer … Ach, du weißt es ja noch gar nicht; sie hat geschrieben."

Er sah, dass sie sich große Mühe gab, die Fassung zu bewahren.

„Weißt du, ich hab versucht dich anzurufen, aber ..."

Sie wischte sich flüchtig eine Träne aus dem Augenwinkel.

Er setzte sich auf und wollte nach ihrer Hand greifen.

„Nein, lass."

Sie wandte sich zum Gehen.

„Er liegt in der Küche!"

Sein erster Impuls am Morgen, sie sofort anzurufen, nachdem Taylor den Brief gebracht hatte, war richtig gewesen. Warum bloß hatte er es denn nicht einfach getan? Hatte wieder aufgelegt, bevor sie abnehmen konnte. Oder er hätte ihr die frohe Botschaft entgegenrufen können, gleich, als sie zur Tür hereinkam. Aber er hatte es ja vorgezogen, sich von einem Buch über Käse einlullen zu lassen.

26. Kapitel

In der Schalterhalle des Flughafens war es kühl. Vor der Gepäckabfertigung hatte sich schon eine ansehnliche Warteschlange gebildet, die bis vor die automatische Eingangstür zurückreichte. Der Schalter war noch nicht besetzt. Sooft sich die Schiebetür öffnete, streichelte eine lauwarme Sommerbrise Hannas Haar.

Vier Wochen waren seit ihrem Besuch bei den Großeltern vergangen. Das Geld von den Großeltern reichte für Hin- und Rückflug und noch mehr. Hanna hatte auf der Rückfahrt von den Großeltern nachgezählt. Zurückfahren, sich bedanken, wie Alexander meinte? Nein, Hanna war dagegen. Die Großeltern hatten ja gerade kein großes Tamtam darum gewollt. Von Zuhause gleich mal anrufen. „Eine halbe Weltreise", meinte die Großmutter am Telefon, und ob Hanna Flugangst habe. „Nee", also daran habe sie noch gar nicht gedacht; „dann vielleicht nicht, oder noch nicht, jedenfalls. Und so viel Geld, nochmals vielen, vielen Dank, wir melden uns, wenn wir überlebt haben. Wir schreiben auch eine Karte an dich und den Großvater, wenn wir da unten sind."

Sie bat Alexander um eine Zigarette, aber er schien sie nicht hören zu können. Seine Aufmerksamkeit ging auf etwas in der Ferne, etwas, was sie nicht sehen konnte. Am Ende der Halle ereignete sich offenbar etwas, was ihn mit allen seinen Sinnen in Anspruch nahm. Sie machte einen Schritt aus der Warteschlange heraus, um einen Blick auf das zu erhaschen, was so spannend war, dass er Hanna gar nicht mehr wahrnahm. Das Absperrband vor dem Gepäckschalter war entfernt worden, und eine junge Frau machte sich über Koffer und Taschen her. Sie war mit einem königsblauen Kostüm bekleidet. Um den Hals trug sie ein rotes Dreieckstuch und ihren Kopf zierte ein blaues Schiffchen, unter dem dickes schwarzes Haar hervorquoll, das ihr in sanften Wellen geschmeidig über die Schultern rollte. Schneewittchen – im Matrosenanzug!

In die *Bellevue*-Warteschlange kam endlich Leben, Taschen und Koffer wurden weitergerückt und Billetts hervorgekramt. Alexander würde nun nicht mehr allzu lange die hübsche Aussicht genießen können. Als sie und Alexander an die Reihe kamen, verhielt er sich unauffällig und sie gelangten ganz ohne Komplikationen an dem märchenhaften Geschöpf vorbei.

Hanna hatte einen Fensterplatz. Unter der blütenweißen Tragfläche glitzerte der anthrazitfarbene Asphalt in der Sonne. Alexander testete die Sitzlehne und tauchte mehrmals neben Hanna ab und wieder auf. Lustig. Eine Stewardess stand im Gang und lächelte. Ihr Lächeln sollte sicherlich beruhigend auf die Passagiere wirken; Hanna machte es eher nervös. Und Alexander? Wohl nicht. Ein Glockenton erklang. Die Stewardess hob eine Hand in die Luft und wies lächelnd auf einen Monitor über ihrem Kopf. Es wurde ein kurzer Film gezeigt, in dem Passagiere mit Atemmasken herumhantierten, Notausstiege aufbrachen und waghalsig über gelbe Gummirutschen in die Tiefe schlitterten. Nach dem Film erklang die Glocke ein weiteres Mal, und der Monitor forderte zum Anlegen der Gurte auf. Der Asphalt glitt unter ihnen dahin. Eine rote Windhose baumelte schlaff von ihrem Mast herab.

„Tote Hose", Hanna zeigte aus dem Fenster.

„Witzig", meinte Alexander und fuhr abwärts.

Eine Weile glitt ein Maschendrahtzaun vor ihrem Fenster entlang, der den Flugplatz von einer Wiese trennte. Tiere waren nicht zu sehen. Nur immer Wiese und Zaun. Ein Schwenk nach rechts und vor den hellblauen Streifen schob sich dunkles Tannengrün. Dann gefror das Bild. Hanna spähte den leeren Gang zwischen den Sitzreihen hinab. Die Stewardess war verschwunden. Ihr kirschrotes Puppenlächeln hatte sie mitgenommen. Die Turbinen wurden gezündet. Immer lauter und schriller wurde das Pfeifen. Die Kabinenwand neben ihr vibrierte. Das Landschaftsbild in ihrem Fenster blieb unbewegt. Als sie glaubte, das ganze Flugzeug müsse jeden Augenblick zerbersten, wurde sie kraftvoll in den Sitz gedrückt und nun rasten Wiese, Zaun und Bäume wie im Zeitraffer vor ihrem Fenster dahin. Für den Bruchteil einer Sekunde sah sie den Tower vorbeihuschen, dann verlor sich alles. Und urplötzlich herrschte eine trügerische Stille, als hätten sie nicht den Weg in die Lüfte genommen, sondern seien in die Tiefen des Ozeans gestürzt. In Hannas Ohren war ein nie zuvor vernommenes Rauschen.

Rosannas Vorschlag hatte sich spaßig angehört, sogar logisch, irgendwie. Der Tagtraum ihrer Vaters im Frisiersalon hatte den Anstoß für Rosannas Einfall gegeben. Wenn Larrys Nichte damals nicht vor ihm im Spiegel aufgetaucht wäre, hätte es seine Vision von Hanna im Blumengarten und dann wohl auch den Brief an Hanna nie gegeben. Bei Larry im Frisiersalon hatte praktisch alles seinen Anfang genommen, und hier wäre demnach also auch der passende Ort für ihre allererste Begegnung. Doch, logisch! Rosanna hatte so überzeugend gewirkt, dass Hanna gar nicht erst der Gedanke gekommen war, es könnte vielleicht falsch sein, ihren Vater derart zu überfallen, inzwischen kamen ihr erste Zweifel.

War Alexander wirklich schon eingeschlafen? Sie warf einen neuerlichen Blick aus dem Fenster. An das fortgesetzte Wippen der Tragfläche sollte sie sich halt *einfach gewöhnen*, außerdem hatte Alexander nachdrücklich betont, dass es so sein *müsse*, aus Gründen der *Statik*. Wenn der Flügel jetzt abbräche, hatte sie kühl erwidert, ob das dann nicht auch Gründe der *Statik* wären. Er hatte sie nur flüchtig aus dem Augenwinkel angesehen und fast unmerklich mit den Schultern gezuckt. Sein wohlgemeintes Angebot, mit ihr den Platz zu tauschen, hatte sie als feindliche Übernahme sofort durchschaut und sogleich abgewehrt, mit dem Einwand, am Fenster könne sie sich immerhin jederzeit überzeugen, dass der Flügel immer noch mit von der Partie war. Er hatte sie neugierig angeblickt, in der Art, wie ein Arzt einen Patienten ansieht, der behauptete, noch niemals krank gewesen zu sein. Offenbar war er der Ansicht, man könne sich an schlackernde Flugzeugflügel gewöhnen wie an schlechtes Essen in einer Jugendherberge.

Sie blickte wieder auf den schlafenden Mann an ihrer Seite. Jetzt, da er so friedlich neben ihr schlief, war sie bereit zu vergeben. Sie dachte sogar für eine Sekunde daran, ihren Lippenstift für ihn zu wechseln. Schneewittchenrot. Wie sie ihrem „Schöpfer" gegenübertreten wolle, hatte Alexander gefragt, vielleicht in einem Kleid? „Meinem Vater, ja, schon, aber bestimmt nicht meinem *Schöpfer*", hatte sie ihn brüsk zurechtgewiesen. Und wieso überhaupt ein Kleid, wozu der Mummenschanz? Sie trug doch überhaupt keine Kleider. Ein Orchideenkleid hatte er gemeint. Wegen Nancy? *Witzbold.* Ihren Vater im Friseursalon überraschen, okay, aber in einem Kleid? Am Ende hielte er sie dann noch tatsächlich für die Nichte von diesem Friseur, wie hieß der noch gleich …?

Sie merkte, dass sie müde war. Ein wenig Schlaf würde ihr sicherlich auch guttun. Würde ihr Vater sie nach der Mutter fragen? Ja. Die Frage war nur, wie? Und inwieweit er es Hanna überließe, sich darauf einzulassen. Festzuhalten war hier schon mal: Die Mutter war mit von der Partie, begleitete sie bis hinauf in die Wolken und rund um die Welt. Immerhin hatte sie es so einrichten können, dass die Mutter durch die Großeltern von der Reise erfuhr. So hatte sie es vermeiden können, der Mutter vor ihrer Reise noch einmal zu begegnen, sich womöglich gute Ratschläge mit auf den Weg geben zu lassen. Oder Grüße. Grüße? Das hätte noch gefehlt!

Ein prüfender Blick auf die Flügelspitze: kein Wippen und Wackeln mehr. Ihr fielen die Augen zu; frische Luft, kühle frische Bergluft strich angenehm sanft über ihr Haar. Das wurde aber auch Zeit, dass hier jemand mal das Fenster öffnete! Warum bloß war sie selbst nicht auf die Idee gekommen? Es war eine wunderbare Idee gewesen, mit Alexander herzufahren. Sie blickte zum Fenster hinaus, in der Ferne waren Berge zu sehen, grüne Matten und darüber weiß verschneite Gipfel. Sie trat ans Fensterbrett, um zu sehen, ob sie nicht Alexander vielleicht unten auf der Frühstücksterrasse entdecken konnte. Dann wandte sie sich um und lief durch das Zimmer mit den geschnitzten Bauernmöbeln. Es war dasselbe Zimmer, das sie als kleines Mädchen mit ihrer Mutter bewohnt hatte. Dieselben rot und weiß karierten Bettbezüge, derselbe Geruch nach Fichtenholz.

27. Kapitel

Rosanna hatte Georg am Abend mit der Nachricht überrascht, dass sie einen Friseurtermin für ihn gemacht habe. Er hatte ihr entgegnet, er sei es eigentlich gewohnt, seine Termine selbst zu machen, und er hatte auch nicht ihre Einschätzung geteilt, dass er bereits wieder einen Haarschnitt benötigte. Um ein Haar wäre es zum Streit darüber gekommen. Sie hatte rasch eingelenkt. Es täte ihr leid, und es sei natürlich schrecklich dumm von ihr gewesen, und sie könne den Termin auch wieder absagen. Es würde nicht wieder vorkommen. Zu ihrer Erleichterung hatte er eingelenkt, was nicht immer seine Art war. Gut, er würde hingehen, schließlich wollte er ja auch endlich einmal mit Larry sprechen, den Ärger aus dem Weg räumen. Er wollte Larry erklären, warum er so plötzlich aus dem Salon gestürmt war.

Seit Hannas Brief eingetroffen war, hatte Georg immer seltener mit ihr über Hanna gesprochen. In den letzten Tagen so gut wie gar nicht. Aber sie kannte ihn inzwischen zu gut, um nicht zu wissen, was mit ihm los war. Wahrscheinlich konnte er kaum an etwas anderes denken. Das Foto trug er immer bei sich, und Rosanna bekam es mit, dass er es, wenn er sich einen Moment unbeobachtet fühlte, aus der Tasche zog und eingehend und versonnen betrachtete.

Ja, doch, es hatte sie verletzt, als sie nach Hause gekommen war, und er ihr nicht gleich von dem Brief erzählt hatte. Aber gut, das war vorher. Sie hatten sich wieder versöhnt. Er hatte ihr den Brief vorgelesen und ihn für sie übersetzt. Überhaupt war er ganz verändert; alles Grüblerische, Melancholische schien aus seinem Wesen gewichen. Rosanna konnte sich nur zu gut an die Abende erinnern, an denen er mit versteinerter Miene vor sich hingebrütet hatte, ganz in Gedanken versunken, auf dem Sofa. Sie vermutete, dass er dann an *sie* dachte, an Hanna, und wohl auch an Christine, manchmal. Vielleicht dachte er daran, wie es hätte weiter gehen können, wenn er in Deutschland geblieben wäre. Vielleicht machte er sich auch Vorwürfe, weil er gegangen war. Er sprach nicht darüber, und sie wagte es nicht, ihn danach zu fragen. Sie hatte auch eine Veränderung an sich selbst bemerkte in letzter Zeit. Sie hatte jetzt das Zutrauen, ihn jederzeit nach seinen Gefühlen und Gedanken fragen zu können, wenn sie es wollte. Diese Sicherheit hatte sie vorher nicht verspürt. Ja, sie war selbst ganz verändert. Alles hatte sich verändert. Und dass er so verliebt das Bild seiner Tochter ansah, machte sie nicht einmal eifersüchtig. Auch der Gedanke, dass er es im Verborgenen tat, rührte sie. Er liebte seine Tochter; und dafür liebte sie ihn nur noch mehr.

Heute war es soweit, der große Tag! *Dein großer Tag, Georg!* Rosanna rutschte hinter das Lenkrad und ließ den Motor an. Wenn alles klappte, wäre sie in einer halben Stunde am Flughafen, und in spätestens zwei Stunden wieder zurück. Hanna würde den Frisiersalon betreten, wo Georg nichts ahnend saß. Bei dem Gedanken, dass es wirklich passierte, lief ihr eine Gänsehaut über den Rücken, und sie konnte nicht weiterdenken. Beim Zurückstoßen mit dem Auto rammte sie beinahe das Gartentor und würgte den Motor ab. Während sie ausstieg, um das Tor zu öffnen, wagte sie einen verstohlen Blick zum Küchenfenster hinauf. Hinter der Scheibe rührte sich nichts. Im Grunde konnte gar nichts schief gehen; alles war gründlich geplant. Sie musste jetzt nur ruhig bleiben. Georg hatte bis jetzt keinerlei Verdacht geschöpft. Und Larry war der Einzige, der außer ihr von der Sache wusste, sonst wusste keine Menschenseele davon. Sie hatte ihn einweihen müssen und für den Fall, dass sie sich verspäteten, wäre es seine Aufgabe, Georg unter allen Umständen aufzuhalten. Larry hatte zwar nicht direkt protestiert, aber dass er nicht eben begeistert war von ihrer Idee, hatte sie ihm schon angemerkt. Bei der letzten Begegnung der beiden Männer war nicht alles so gelaufen, wie Larry es sich gewünscht hatte. Wenn das Ereignis auch schon einige Wochen zurücklag, so dauerte Larrys Irritation über Georgs sonderbares Benehmen noch immer an. Sie wusste, wie sehr es Georg leidtat, aber sie wollte sich da auf gar keinen Fall einmischen; wenn es etwas zu klären gab zwischen den beiden, dann wäre dies wohl die beste Gelegenheit dazu. Am Ende musste doch auch wohl bei Larry die Freude über das bevorstehende Zusammentreffen von Vater und Tochter allen Ärger überwiegen.

Auf seinem Weg zu Larry blieb Georg noch etwas Zeit, sich auf das zu besinnen, was er ihm sagen wollte. Es würde kein ganz einfacher Besuch werden. Er wäre Larry mindestens eine Erklärung schuldig. Aber Larry schien gar nicht da zu sein. Als Georg den Frisiersalon betrat, war keine Spur von ihm zu sehen. Das war nun schon das zweite Mal, dass sein Freund seinen Laden unbeaufsichtigt ließ. Aber vielleicht war es gar nicht Larry, der wunderlich war, sondern er selbst war es, der sich nach einer bestimmten Ordnung sehnte. Dann war er selbst es vielleicht auch, der ein bisschen seltsam wurde mit der Zeit.

Georg betrachtete sein eigenes Spiegelbild. Er hatte das braune Jackett angezogen, er hatte es tatsächlich getan, so wie Rosanna ihm geraten hatte. Aber wenn hier jemand seltsam wurde, dann doch wohl am ehesten noch Rosanna. Wieso sollte er sich fein machen, wenn er zum Friseur ging, noch dazu zu Larry wohl gemerkt, der selbst keinen besonderen Wert auf Kleidung legte? Wie ein Konfirmand stand er da, verkleidet, und er fühlte sich auch so. Er gab sich einen Ruck und ging zu seinem alten Kameraden, dem Frisierstuhl hinüber, schwang sich hinein und drehte eine Runde. Larry würde jetzt jeden Augenblick durch den Vorhang schlüpfen, ihm eine Tasse Kaffee in die Hand drücken und die beiden würden ein bisschen miteinander plaudern. Ja, Larry würde ihn verstehen. Georg würde ihm heute alles genau erklären, warum er so ungestüm davongelaufen war, würde ihm von seinem Traumbild erzählen, vom Orchideengarten und natürlich von Hanna, wie er sie gesehen hatte, und natürlich von ihrem Brief. Das Foto von ihr hatte er dabei, für den Fall, dass Larry ihm kein Wort davon glaubte. Der Ärmste! Er hatte ja keine Ahnung, was los war. Er hatte tüchtig angegeben mit seiner Nichte. Aber heute war er es, Georg, der seinem Freund eine ordentliche Überraschung bereiten würde.

Und was war eigentlich heute Morgen mit Rosanna los? Zweimal hatte sie ihn daran erinnert, dass er seinen Friseurtermin habe. Hielt sie ihn wirklich für so zerstreut? Und er könne ja auch mal das braune Jackett anziehen, das stehe ihm doch so gut. Er war überrascht gewesen, aber sie hatte auch sofort abgewunken. Überhaupt, seit wann in aller Welt machte sie sich Gedanken darüber, was er anzog? Zur Sicherheit ging er noch einmal die wichtigsten Termine durch: Geburtstag, Hochzeitstag, es wollte ihm beim besten Willen nichts einfallen, was er vergessen haben könnte. Beim Ausparken hatte sie den Motor abgewürgt, gut, und sie hatte versäumt, das Tor zu öffnen, na ja. Er war ans Fenster getreten, aber nicht zu nah. Er wollte nicht, dass sie ihn sah, das hätte sie nur nervös gemacht.

Er drehte eine weitere Runde in seinem Karussell und betrachtete das Foto in seiner Hand. Die junge Frau darauf schenkte ihm ein zartes Lächeln. Ihre Augen. Er vernahm hinter sich Schritte und blickte in den Spiegel. Er sah in das Antlitz einer jungen Frau.
Sie hätte seine Tochter sein können.

FSC
www.fsc.org
MIX
Papier | Fördert
gute Waldnutzung
FSC® C083411

Zeitfracht Medien GmbH
Ferdinand-Jühlke-Straße 7
99095 Erfurt, Deutschland
produktsicherheit@kolibri360.de